Yvan Assioma
En collaboration avec Aziz Zemouri

Nous avons l'honneur de vous rendre compte...

Ces policiers oubliés sous le feu des attentats parlent enfin

Fayard

Couverture : Hokus Pokus Créations
ISBN : 978-2-213-73190-2
Dépôt légal : octobre 2025

À la mémoire des policiers victimes du terrorisme islamiste :
Franck Brinsolaro et Ahmed Merabet, assassinés à Paris le 7 janvier 2015,
Clarissa Jean-Philippe, assassinée à Montrouge le 8 janvier 2015,
Thierry Hardouin, assassiné à Paris le 13 novembre 2015 (gardien de la paix identifié parmi les victimes de La Belle Équipe),
Jessica Schneider et Jean-Baptiste Salvaing, assassinés à Magnanville le 13 juin 2016,
Xavier Jugele, assassiné à Paris le 20 avril 2017,
Arnaud Beltrame, officier de gendarmerie, assassiné à Carcassonne le 24 mars 2018,
Aurelia Trifiro, Brice Le Mescam, Anthony Lancelot et Damien Ernest, assassinés à Paris le 3 octobre 2019,
Stéphanie Montferme, assassinée à Rambouillet le 23 avril 2021.

À toutes les victimes civiles des attentats et en particulier celles du 13 novembre 2015.
À tous les policiers qui sont intervenus le soir des attentats du 13 novembre 2015.

À tous les policiers qui assurent au quotidien la sécurité de nos concitoyens.

Je remercie tous mes collègues qui ont accepté de me raconter leur histoire, leur expérience, leurs souvenirs. Sans eux ce livre n'existerait pas.

Je remercie aussi ceux qui n'ont pas souhaité témoigner. Bien que chacun ait eu ses raisons, les refus attestaient souvent un traumatisme encore présent.

À tous mes collègues, soyez attentifs les uns envers les autres, soyez vigilants et prenez soin de vous.

Le souvenir d'une nuit d'horreur

C'était un vendredi. J'avais quitté le bureau en fin de journée, j'étais passé récupérer ma fille chez sa mère pour le week-end. Sur la route de la maison, on s'était arrêtés au McDo. La météo était clémente pour un mois de novembre, on avait dîné en terrasse extérieure. Une ambiance détendue. On a repris la route, ma montre marquait 21 heures passées, j'écoutais distraitement à la radio la retransmission du match de football qui opposait la France à l'Allemagne au Stade de France.

Mon téléphone branché sur le kit main libre sonne. Une de mes responsables de direction m'appelle. Je décroche. Elle évoque une explosion au Stade de France, sans autre précision. Elle se renseigne, me dit-elle, avant de raccrocher.

Sur le moment, je pense à une fausse alerte, car à la radio le match se déroulait tout à fait normalement.

Second coup de fil, deuxième explosion au stade. Le match se poursuivait pourtant, la radio n'annonçait rien en ce sens.

Troisième appel, cette fois c'est mon responsable de la sécurité publique. Il m'annonce des tirs de kalachnikov dans Paris, sur des terrasses de brasseries. Beaucoup de victimes, des morts.

À partir de ce moment mon téléphone n'arrêtait plus de sonner, les appels s'enchaînaient pour m'aviser d'autres tirs, d'autres victimes. On arrivait à la maison. Le téléphone à l'oreille, j'allume la télé, je mets une chaîne infos. La stupeur, toutes les alertes reçues par téléphone se confirmaient. Paris subissait de multiples attaques : des kamikazes porteurs de ceintures explosives, des hommes armés de fusils d'assaut. Des dizaines de morts et des centaines de blessés. La soirée n'était pas finie.

Ma fille avait déjà rejoint sa chambre. Je l'ai appelée, je lui ai dit qu'il se passait des choses graves à Paris et que je devais retourner au boulot. Je ne savais pas pour combien de temps. « Ne défais pas ton sac, je vais te ramener chez ta mère. »

Je reprends la route en sens inverse, les dents serrées. J'appelle mes responsables de direction, « contactez vos équipes, que ceux qui le peuvent viennent au bureau ». Je mets en place une cellule de crise. Je retrouve tout le monde au bureau Alliance-Paris que je dirige.

Les informations nous arrivaient en masse grâce à nos collègues en première ligne. Elles étaient terribles. De nombreux blessés et des morts parmi les civils. Des coups de feu dans le Bataclan, des rafales de fusils d'assaut. Ma hantise : avoir des collègues au tapis.

Les minutes passaient, le décompte des victimes ne faisait qu'augmenter. Enfin, l'assaut de la BRI au Bataclan sonnait le glas de l'attaque terroriste. Aucun mort parmi les policiers en service. Mais le nombre de pertes à déplorer côté civil était invraisemblable.

Dans les jours qui ont suivi, les rapports circonstanciés des policiers en intervention sur les lieux des trois attaques simultanées remontaient jusqu'à moi : « J'AI L'HONNEUR DE VOUS RENDRE COMPTE DES FAITS SUIVANTS. » Cette formule emblématique bien connue de tous les policiers est placée en épigraphe de tout compte rendu écrit par un fonctionnaire de police à sa hiérarchie.

Il s'agissait pour nous de comprendre l'engagement de chacun au cours de cette terrible nuit. Je lisais, j'y étais. Je progressais avec eux, j'avais peur avec eux, je m'indignais contre le peu de moyens de protection à disposition des collègues face à des kalach, comme j'étais révolté par le faible armement qui nous empêchait de riposter. Nous étions démunis devant tant de victimes, tant de blessés.

Il m'a été souvent impossible de parcourir d'un seul trait les écrits de mes collègues. Ce qu'ils avaient vécu étaient d'une intensité et d'une tension extrêmes, chargé en émotion, avec en toile de fond des images parfois insupportables.

J'avais la chair de poule, les larmes me montaient aux yeux. J'ai dû m'y prendre à plusieurs reprises pour aller au bout de nombreux rapports tellement les scènes décrites étaient terribles.

Porter secours aux victimes. Être visés par les tirs en rafale des terroristes. Voir des morts et des vivants, mutilés, déchiquetés. Je constatais que les policiers primo-arrivants avaient été confrontés à de véritables scènes de guerre.

Les médias continuaient à orienter leurs formats sur les attentats et relayaient quelques vidéos. On y voyait entre autres les tirs en rafale visant les policiers au Bataclan.

Néanmoins, le focus était mis sur l'intervention de la BRI. Ce qu'on pouvait aisément comprendre. Cette unité d'élite avait mis fin au plus terrible des périples meurtriers jamais commis par des terroristes au cœur de la capitale.

Mais je ne pouvais m'empêcher de penser à tous les policiers primo-arrivants, primo-intervenants, qui se sont rendus sur les sites des attaques en ne sachant absolument pas sur quoi ils allaient tomber ni à quoi ils allaient devoir faire face.

Tous ces policiers du quotidien qui sont arrivés en premier, qui ont fait preuve d'une abnégation hors du commun, priorisant leur mission au péril de leur propre vie.

Ce sont eux qui, comme on dit, ont essuyé les plâtres avant l'arrivée de la BRI.

C'est d'ailleurs toute la difficulté et la dangerosité du métier de police secours. Vous passez d'un constat de cambriolage à un vol à main armée, d'un accident de la route à des violences intrafamiliales. Vous ne savez jamais ce qui vous attend, même un simple contrôle routier peut se révéler dangereux.

Rapidement a germé en moi l'idée de raconter leur histoire, leurs actions, leurs vécus. Cela ne méritait pas d'être occulté, invisibilisé tant leur engagement avait été entier.

Nous poursuivions notre travail interne du suivi et du traitement administratifs de ces événements. Nous avons travaillé à tous les niveaux de la chaîne hiérarchique afin qu'un maximum de policiers soient récompensés à hauteur de leur implication. Nous avons réussi à convaincre la préfecture de police de tenir une commission administrative paritaire spéciale attentats à cet effet. Ainsi, plus d'une centaine de gardiens de la paix ont été récompensés.

Plusieurs ouvrages sur les attentats du 13 novembre 2015 sont parus, des reportages TV, des séries, un film, mais tous se concentraient sur les interventions de la BRI et du RAID. Peu évoquaient les primo-intervenants du Stade de France, des terrasses et du Bataclan, comme si ces centaines de policiers n'avaient jamais existé.

Les jours ont passé, les semaines, les mois, les années… D'autres attentats se sont produits sur le territoire national, chacun reléguant au passé ceux du 13 novembre 2015. Tous me renvoyaient au souvenir de mes collègues primo-intervenants ce soir-là. Et chaque fois je me disais qu'ils méritaient qu'on connaisse leur histoire, qu'on mette en lumière leurs missions dont ils avaient fait leur priorité durant ces attaques. 2020, la première crise sanitaire de la Covid-19, le confinement. Le temps s'est ralenti et accéléré à la fois. Sortie de confinement, second confinement, sortie de crise… Les élections professionnelles des représentants du personnel de décembre 2022 approchent à grands pas, je suis accaparé. On sort vainqueurs, une satisfaction. Puis le travail reprend son cours normal.

Mais dès que j'avais un moment de calme, une petite voix intérieure me rappelait. Et ton projet ? Tes collègues dont on n'a jamais parlé. On approche des dix ans de la commémoration de cette tragédie. Nous sommes en 2024. J'en parle à mon ami le journaliste Aziz Zemouri, un des meilleurs connaisseurs du fonctionnement de la police, qui se montre très enthousiaste. Je lui dis c'est maintenant ou jamais. On rencontre Lise Boëll, elle est enchantée. Elle nous suit, elle nous encourage.

Je me replonge alors dans mes archives. Des semaines de relecture, de tri. Contacter les primo-intervenants. Beaucoup ne sont plus en région parisienne, certains sont partis à la retraite, d'autres ont démissionné. Des mois d'entretiens avec mes collègues. Leurs interventions, leurs souvenirs, leurs émotions, leurs doutes, leurs peurs. Certains s'étaient vus mourir ce soir-là.

Je ressentais tout ce qu'ils me racontaient. Sans doute parce que j'avais lu plusieurs fois leurs récits, mais peut-être aussi que cela me renvoyait à ma propre expérience de policier. Comme ce soir de novembre 1990, où je me suis fait tirer dessus, j'étais policier depuis deux ans. J'intervenais sur des menaces par ex-conjoint. La salle d'information et de commandement nous avait signalé que, selon la requérante, l'homme était porteur d'une arme de poing à grenaille, donc logiquement non létale. Une fois confronté à l'agresseur sur le palier, il n'a pas hésité à ouvrir le feu dans ma direction à deux reprises. J'avais l'arme à la main. Je n'ai pas riposté – arme non létale raisonnait dans mon esprit –, il a été maîtrisé. J'ai été impacté trois fois au visage. Une opération chirurgicale pour retirer les plombs. Si sur place je n'avais pas eu peur de mourir, mes pensées ont commencé à hanter mes nuits. Et si la requérante s'était trompée, si l'homme avait transformé son arme ou pire, s'il en avait détenu une autre, létale celle-là... pendant plusieurs mois mon cerveau est devenu mon premier ennemi. Il me ressassait sans cesse que j'aurais pu mourir. À cette époque, nous n'avions même pas de gilet pare-balles individuel.

Je comprenais alors aisément le mal-être de mes collègues qui ont frôlé la mort de bien plus près ce soir de novembre, exposés aux tirs de kalachnikov, aux explosions des ceintures des kamikazes ainsi qu'à la vision des charniers de ces massacres de masse.

La mort, si tant soit peu qu'elle puisse faire partie du quotidien du policier – moi-même durant mes années de police secours j'intervenais presque une fois par semaine sur une personne décédée –, rien ne peut réellement vous y préparer. Avec le temps on s'y fait, on se blinde comme on dit... Mais se retrouver face à 10 morts, 20 morts, 100 morts en même temps et au même endroit relève d'une dimension inimaginable.

Plus j'avançais dans mes entretiens plus je constatais que beaucoup avaient été marqués. Les émotions sont toujours fortes, même dix ans plus tard. Ils se confiaient, heureux qu'on vienne les accoucher. Certains ont décliné : pas question de se replonger là-dedans, pas question de revivre cet enfer. L'émotion, la colère de ne pas avoir pu faire davantage pour sauver les victimes, la pudeur des vivants devant les familles qui ont perdu un être cher ce soir-là : tout se bousculait dans la tête de ceux qui ne souhaitaient pas s'épancher publiquement.

Tant d'humilité, tant d'abnégation au service des autres et au péril de ce que l'être humain a de plus cher, sa vie, force l'admiration. Dans notre société où l'individualisme et les égoïsmes règnent, ces femmes et ces hommes doivent être montrés en exemple.

Dans les pages qui suivent vous allez donc vivre leurs interventions, découvrir leurs émotions, leur ressenti, leurs souvenirs dix ans après.

Vous allez lire l'histoire de ces policiers ordinaires, ceux que vous croisez tous les jours, qui, cette nuit-là, se sont sublimés dans l'accomplissement de leur mission.

Le souvenir d'une nuit d'horreur

Cette nuit du 13 novembre 2015, face à l'horreur, à l'insoutenable, face au mal absolu ils sont devenus des femmes et des hommes extraordinaires : ils ont l'honneur de vous rendre compte !

Yvan Assioma, major de police,
Sécurité publique depuis 1988.

Le Stade de France

Le 13 novembre 2015, au Stade de France, quand débute le match de football amical entre la France et l'Allemagne, trois terroristes, des kamikazes, se tiennent aux abords du stade, leurs destins scellés dans un plan macabre orchestré par Daech. Forte de contingents étrangers, dont de nombreux Français et Belges, l'entité terroriste a décidé d'exporter ses méthodes effroyables en Europe. C'est Salah Abdeslam, figure désormais tragiquement célèbre des attentats – il sera le seul survivant du commando des attaques parisiennes –, qui assure le transport des trois hommes jusqu'à Saint-Denis. À bord de sa Clio noire, il les dépose avenue du Stade-de-France, qui leur permettra d'accéder à l'enceinte sportive en quelques minutes de marche.

Les djihadistes débouchent au point de connexion des réseaux de bus, métro et RER environnants d'où les supporteurs débarquent.

Abdeslam, son rôle de logisticien accompli à cette étape, quitte les lieux. À 20 h 55, les caméras de vidéosurveillance de la rue captent les premières images de deux des kamikazes. Le premier, Ahmad al-Mohammad, vêtu d'un pantalon clair, de baskets Adidas noir et blanc, d'un sweat à capuche bordeaux, est ostensiblement enveloppé d'un drapeau allemand sur ses épaules. Le second, Mohammad Al-Mahmod, arbore un pantalon sombre, un haut de survêtement rouge de l'équipe du Bayern de Munich. Il s'est également recouvert d'une bannière aux couleurs de l'Allemagne. L'enquête révélera plus tard la véritable identité du premier terroriste : Ammar Al-Sabawi, né en Irak. Son âge est alors incertain, estimé entre 20 et 22 ans. Son parcours en Europe illustre la stratégie de dissimulation adoptée par l'organisation terroriste : il est entré sur le continent européen par l'île grecque de Leros le 3 octobre 2015, muni d'un faux passeport syrien, se faisant passer pour un réfugié afin de remonter en direction de l'Europe. Ses empreintes digitales ont été relevées à son arrivée en Grèce, des éléments cruciaux pour son identification postattentat.

Quant à Mohammad Al-Mahmod, son identité réelle reste inconnue à ce jour, bien qu'il soit lui aussi en possession de faux papiers syriens au nom d'al-Mahmod. Il est, comme son complice, un « faux migrant » entré en Europe par Leros. Les deux kamikazes s'étaient infiltrés dans une embarcation de près de deux cents migrants au départ de la Turquie pour la Grèce.

Ils se sont mêlés aux vrais réfugiés fuyant la guerre et le terrorisme en Syrie et en Irak pour une vie meilleure. Tous deux avaient, deux jours après leur arrivée sur le sol européen, déposé une demande d'asile en Serbie. Sans doute pour montrer patte blanche, deux de leurs compagnons de voyage titulaires comme eux de faux passeports syriens venaient d'être arrêtés par la police aux frontières grecque. En remplissant les formulaires de demandeurs d'asile, qui leur permettaient de se maintenir sur le sol européen, ils dissimulaient ainsi leurs véritables intentions : lancer le djihad en Europe et mourir en « martyrs ».

Six minutes plus tard, à 21 h 01, une autre caméra, celle d'un parking, filme le troisième kamikaze, Bilal Hadfi. Âgé de 20 ans, ce Français né en Belgique est reconnaissable à son haut de survêtement blanc orné de bandes roses et à son pantalon de survêtement sombre, également avec des bandes roses du Bayern de Munich. Les images le montrent qui marche tout en téléphonant, suivi à quelques mètres par ses deux complices irakiens. Il est en communication avec Abdelhamid Abaaoud, l'organisateur des attentats coordonnés de cette nuit du 13 novembre. La conversation est courte. Abaaoud est au volant d'une Seat Leon qui le transporte avec deux autres complices aux abords des terrasses de cafés parisiens dans les quartiers branchés des 10e et 11e arrondissements. Lui aussi est en route pour commettre un véritable carnage.

Les trois djihadistes, après avoir déambulé dans les allées du stade, reviennent sur leurs pas à 21 h 12. À 21 h 15, ils sont filmés tous les trois ensemble entre les portes A et D du stade. Le match de football France-Allemagne vient à peine de débuter et la foule est déjà massée à l'intérieur, rendant l'extérieur relativement calme, une situation que les terroristes ont probablement cherché à exploiter. Leur première tentative d'infiltration est un échec : n'ayant pas de billets, ils sont refoulés à l'entrée. Ce revers inattendu les pousse à revoir leur plan, les forçant à déclencher leurs explosifs à l'extérieur du périmètre sécurisé, transformant les abords du stade, pensent-ils, en scènes de carnage. À cette étape, ils ne peuvent plus réaliser autant de dégâts humains qu'ils l'auraient souhaité, près de 80 000 spectateurs assistent à la rencontre de football. Désormais, dans les tribunes, au bord du terrain, les spectateurs sont en sécurité. Cependant, les djihadistes ne renoncent pas à leur plan funeste.

En réalité, ils ne se cachent même pas : des apprentis journalistes avaient posté leur caméra sur pied dans cette allée et l'un des trois djihadistes a fixé l'objectif durant de longues minutes comme le racontera aux enquêteurs le caméraman.

Vers 21 h 16, la quiétude des abords du Stade de France est brutalement brisée par la première explosion. Le terroriste Ahmad Al-Mohammad, *alias* Ammar Al-Sabawi, se fait exploser avenue Jules-Rimet, devant la porte D. L'avenue Jules-Rimet, artère majeure longeant le stade, dessert plusieurs portes d'accès. Le long de cette avenue s'alignent divers établissements habituellement très fréquentés à cette heure : les restaurants Events, Cœur de Blé et le Balyann. Les constatations postexplosion dépeignent un tableau de dévastation. Les stigmates de l'explosion s'étendent de la rue de l'Olympisme jusqu'au restaurant Cœur de Blé, avec une concentration particulière devant le restaurant Events, qui fait face à la porte D. L'explosion est captée par les caméras de vidéosurveillance et le rapport du laboratoire central de la préfecture de police situe son épicentre avec précision : entre la baie vitrée du bar-restaurant Events et un stand installé à un ou deux mètres de cette baie.

Les experts estiment que la ceinture explosive contient entre un et deux kilos de TATP, un puissant explosif, surnommé « Mère de Satan », facilement fabriqué grâce à des composants chimiques qu'on trouve dans le commerce. En outre, la ceinture est composée de plusieurs centaines à un millier d'écrous, utilisés comme projectiles, disposés à plat, enveloppés de films plastiques jaune et noir et maintenus par différents adhésifs. Une charge explosive est placée au niveau de l'abdomen et une autre charge dans le dos. Les plaques avant et arrière ne sont pas totalement identiques, mais leur taille et les matériaux constitutifs employés sont similaires. L'amorçage de ces charges est réalisé grâce à deux inflammateurs électriques constitués de fils montés dans un circuit électrique, lui-même constitué de fils conducteurs, d'une pile 9 volts et d'un bouton-poussoir utilisé comme interrupteur. Tous ces éléments sont maintenus sur le corps des auteurs par une sorte de gilet, constitué d'un tissu et de cordelettes nouées entre elles.

Un dispositif de sécurité important est mis en place à l'intérieur du stade, en raison de la présence du président François Hollande, et, après l'entrée des spectateurs, certains policiers se retrouvent aux abords extérieurs, profitant d'un moment de répit. Ils ne sont pas sur le qui-vive. Leur réaction n'en est pas moins immédiate dès le retentissement des explosions. « Une demi-heure avant le début du match France-Allemagne au Stade de France, la plupart des spectateurs sont quasiment tous entrés. Le parvis s'est considérablement vidé. Seuls quelques retardataires pressent le pas. Les grilles d'accès se sont refermées derrière eux, personne ne peut plus accéder dans l'enceinte. Le match est sur le point de commencer, l'excitation monte. J'entends la musique habituelle, celle qui précède l'entrée des joueurs sur le terrain, juste avant les hymnes nationaux. Je distingue également la voix du speaker, amplifiée par les haut-parleurs du stade, qui énonce le nom des joueurs. Une fois le parvis complètement vide de spectateurs, notre phase de surveillance extérieure prend fin. Nous pouvons alors quitter notre point de surveillance pour nous restaurer », indique Freddy, 35 ans, membre de la Brigade d'information de voie publique (BIVP)[1].

Non loin de là se trouvent Thomas, un gardien de la paix âgé de 31 ans, et des collègues à lui, dans

1. Pour tous les sigles et acronymes, se référer au lexique en fin d'ouvrage.

un fast-food des environs. Il témoigne du choc de la première déflagration : « Le bruit est assourdissant, il me prend par surprise. Instantanément, une alarme se déclenche dans ma tête. Je sors précipitamment du restaurant et là, je vois quelques personnes courir dans notre direction. Le chaos s'installe en un instant. La panique se propage. L'air se remplit de cris, de gémissements et d'appels à l'aide. L'instinct prend le dessus. » Freddy décrit les mêmes sensations que Thomas, qui prennent au corps. « Je sens physiquement le souffle, le “blast”, de l'explosion. Immédiatement, mes oreilles se mettent à siffler intensément. La détonation a été d'une violence comparable au bruit d'un avion franchissant le mur du son. Le choc est brutal, tant sur le plan physique qu'auditif. »

La première explosion fait une victime, Manuel Dias. Cet homme de 63 ans, père de deux enfants, se trouvait au comptoir de la buvette extérieure, devant le restaurant Events. Originaire de Reims, ancien ouvrier en sidérurgie, Manuel Dias est un chauffeur de car et travaillait ce soir-là. Grand passionné de foot, après avoir mangé sur le pouce, il avait prévu de suivre la rencontre entre les équipes française et allemande à la radio. Son décès rappelle brutalement la nature lâche du terrorisme. La mort est donnée à l'aveugle et les victimes n'ont aucune possibilité de se défendre. L'appareil de destruction des terroristes est soigneusement élaboré. Freddy et Thomas retrouvent au sol des écrous en nombre.

À peine quatre minutes après la première déflagration, vers 21 h 20, une seconde explosion retentit, à environ cent cinquante mètres de la précédente. Cette fois, la cible se trouve porte H du stade. Mohammad Al-Mahmod, le second kamikaze portant le drapeau allemand sur les épaules, est au cœur de cette nouvelle scène. Il traverse l'avenue en direction de la porte H, s'arrête au milieu et se mêle à d'autres personnes en train de s'éloigner. Les images le montrent errant quelques dizaines de secondes, comme s'il cherchait le moment propice ou une cible. Un homme arrive en courant et passe à côté de lui au moment où il actionne sa bombe.

Selon le préfet de Seine-Saint-Denis, Philippe Galli, présent sur place, le deuxième terroriste s'est fait exploser seul. Il se présente face aux vigiles présents aux portes d'entrée, il s'éloigne. C'est quand il a vu s'approcher une colonne d'intervention en camionnette qu'il a dû se dire « c'est pour moi », puisque le premier s'était déjà fait sauter. Il se plie en deux et déclenche sa ceinture, sans aucun blessé autour alors qu'il y avait un groupe de vigiles à proximité.

Il y a un certain flottement dans les communications envoyées par les forces de l'ordre. « Une fois au service il y a eu un message radio "urgent, explosion d'une pompe à bière au Stade de France". J'ai trouvé ça étrange, dans le sens où c'était peu probable. Puis un second message qui annonçait une deuxième explosion. Là, je me suis dit que ce n'était pas un accident mais sans doute un attentat terroriste », explique Julien, 35 ans, brigadier-chef à la DOPC. Le contexte des dernières semaines lui a sûrement mis la puce à l'oreille. « Il y avait une certaine tension depuis un moment sur le territoire. La menace terroriste était élevée », indique-t-il. Rentré à son poste à la suite d'une mission de surveillance d'un événement sur le climat, qui prenait place sur le Champ-de-Mars en présence de ministres de différents pays, il décide d'emmener ses hommes sur les lieux. Aucun ne refuse. « J'ai appelé les trois collègues qui étaient avec moi sur le service de la journée. Je les ai informés des explosions et que j'allais me rendre au Stade de France, ils ont été volontaires immédiatement pour venir avec moi. Ne sachant pas trop sur quoi on partait je leur ai demandé de charger un maximum de matériel : gilets pare-balles lourds, casques et boucliers balistiques ainsi que des batteries supplémentaires pour les radios. Je leur ai dit aussi "faites le pipi de la peur avant de partir, on ne sait pas à quelle heure on va rentrer". Je n'avais aucune nouvelle de mon équipe déjà sur place sur le dispositif. Moins de quinze minutes plus tard on était au Stade de France. »

Sur place, les policiers doivent supporter une scène insoutenable. Freddy : « Alors que mes sens tentent de traiter l'horreur, j'aperçois des morceaux de corps humain dispersés au sol. Deux stadiers, qui se trouvent tout près de l'explosion, semblent complètement abasourdis et figés sous l'effet du choc. La scène est irréelle, d'une violence insupportable. Une pensée me traverse l'esprit : je pense que l'homme qui vient de se faire sauter était l'une des deux personnes que j'avais vues accoudées au comptoir de ce bar lorsque nous étions passés devant une première fois, mais dans l'autre sens. Juste avant l'explosion, j'avais aperçu deux silhouettes à l'extérieur du bar, et maintenant, elles ne sont plus là, ni au bar. Cette observation renforce ma conviction. Le choc est immense non seulement pour moi, mais aussi pour mes collègues présents à mes côtés. Je ne comprends absolument pas ce qui vient de se passer. Je me souviens clairement qu'aucun de mes collègues ne parle, et moi non plus d'ailleurs. Personne ne dit rien à la radio, alors même que nous sommes en mission de renseignement. Nous sommes tellement sidérés par le choc que personne ne parvient à s'exprimer. Malgré le traumatisme, l'instinct professionnel prend le dessus. Je vois trois ou quatre collègues à mes côtés, et nous sortons tous notre arme, la tenant fermement à la main. J'observe la scène devant moi. Je ne vois plus personne de vivant, uniquement des morceaux de corps. Je ne parviens pas à réaliser l'horreur de la situation. Je réalise que personne, en France, n'a l'expérience visuelle d'un être humain qui se fait exploser. »

Thomas voit un corps coupé en deux. « La vision est horrible : d'un côté, la tête et ce qui reste du tronc, de l'autre, le bassin et les jambes. Face à cette scène d'horreur, je dois me rendre à l'évidence : il s'agit d'une ceinture explosive, c'est un attentat. » Pour lui, l'intervention se fait dans un état second, sous l'effet du traumatisme. « Nous remontons le long du stade. Nous sommes moins d'une dizaine de collègues, quand, à hauteur de la porte H, je ressens le souffle puissant d'une seconde explosion. J'entends des projectiles voler avec un bruit de rafale. C'est comme si l'on avait projeté violemment une poignée de gravier au sol, suivi de petites rafales de bruits. Ces bruits, cette sensation, je ne les avais jamais ressentis de ma vie. Soudain, j'entends un collègue pousser un cri. Je me retourne et je le vois au sol. Mon cœur fait un bond, je crois qu'il est blessé. Heureusement, il se relève de lui-même. Mais mon regard capte alors un autre homme au sol, un stadier. Sa jambe est très abîmée, la blessure est visiblement grave. Il me semble aussi apercevoir une tête seule, mais pas son corps. C'est une vision fragmentée, peut-être un effet tunnel dû au choc. »

Des restes de chair sont dispersés au sol. Julien, le chef de brigade, en fait la troublante expérience. Il raconte : « Tout en marchant sur le parvis je passe un coup de fil à ma hiérarchie afin de l'informer des faits. Ma conversation terminée je regarde par terre, car pendant que je faisais quelques pas en téléphonant je sentais que mes chaussures adhéraient légèrement au sol. Je me rends compte que je marchais en fait sur des morceaux de chair. Des restes des kamikazes. »

La zone affectée par l'explosion est encore plus étendue que la première. Les débris sont éparpillés sur une vaste surface : de nombreux écrous, des parties de mécanisme d'un engin explosif improvisé (fils électriques, morceaux de plastique, cordelette...) et des morceaux de chair humaine sont retrouvés sur le sol, depuis le début de l'avenue, devant la porte J, jusqu'à l'autre côté de la rue du Mondial-1998, devant la porte G. La puissance de l'explosion est telle que les baies vitrées du magasin Decathlon, situées en face de la porte H, les comptoirs métalliques du stand installé sur le trottoir, ainsi que la façade vitrée du magasin

Leroy Merlin sont criblés par de multiples impacts d'écrous, sans être totalement détruits. Le terroriste est littéralement disloqué par l'explosion, des fragments de son corps étant retrouvés un peu partout, compliquant l'identification.

Au milieu de ce chaos, une nouvelle victime est gravement blessée : un ressortissant égyptien qui se trouvait à côté du kamikaze. Ce touriste séjournait quelques jours à Paris dans le but de rendre visite à son frère hospitalisé en cancérologie.

Les CRS, arrivés sur place pour porter secours aux blessés, découvrent et remettent aux enquêteurs les débris d'un passeport syrien, cette fois sans indication de nom, retrouvé à proximité de la victime.

Étonnamment, ce n'est qu'à la deuxième explosion que les autorités sur place se mettent en branle. Le préfet quitte la tribune présidentielle pour rejoindre le PC sécurité. Suivi quelques instants plus tard du président François Hollande. Décision est prise de geler les entrées et les sorties du stade. Le préfet Philippe Galli justifie cette décision : « Les 80 000 spectateurs sont plus en sécurité à l'intérieur qu'à l'extérieur, car tout le monde a été fouillé et contrôlé. Évitons un mouvement de panique et profitons des soixante-dix minutes restant à disputer pour s'organiser, permettre une évacuation sécurisée et jalonner les deux principales sorties permettant d'accéder au RER et au métro. » Des messages sur les panneaux électroniques du stade ont permis de prévenir les spectateurs du match de foot.

Que faire dans pareille situation ? Comment réagir ? Comment intervenir ? Les policiers présents sur place n'ont pas de consignes claires. Les réflexes prennent le dessus, comme pour Julien. « Je fais mettre en place un périmètre de sécurité autour de la zone des explosions. Mes collègues me précisent que des blessés sont dans le restaurant Quick où des secouristes s'occupent d'eux », raconte-t-il. Un poste de secours a été improvisé et Julien commence à répertorier les blessés. « Je vois que certains présentent des plaies aux jambes sans doute causées par des projectiles, des écrous, provenant des ceintures explosives des terroristes. D'un coup, avec une certaine précipitation, les soignants évacuent les blessées et commencent à quitter les lieux. Je leur demande ce qui se passe. L'un d'eux me répond que l'endroit n'est pas sûr, les chiens "explo" ne sont pas encore venus renifler le restaurant. Nous sortons tous et j'entends une explosion. C'est le troisième kamikaze ! »

Les autres membres du commando ont commencé leur lâche besogne, sur les terrasses et au Bataclan depuis près d'une dizaine de minutes quand le troisième djihadiste actionne sa ceinture explosive au Stade de France. L'exploitation des caméras de vidéosurveillance permet de reconstituer les derniers instants de Bilal Hadfi, environ une demi-heure après la deuxième explosion. Il arrive rue de la Cokerie à 21 h 43 et se dirige vers l'avenue du Stade-de-France, qu'il emprunte en direction de la gare RER. À 21 h 50, une scène se forme : un regroupement de personnes, évacuées à la suite des premières explosions, s'installe sur le trottoir près du McDonald's, à l'angle de la rue de la Cokerie et de l'impasse de la Cokerie. Cette concentration humaine offre une fenêtre de tir à Bilal Hadfi. À 21 h 52, le terroriste revient en sens inverse avenue du Stade-de-France et se dirige directement vers l'attroupement, où il déclenche la mise à feu de son gilet explosif. Par un miracle, aucun mort n'est à déplorer en dehors du terroriste lui-même. Cependant, le bilan humain n'est pas anodin : plus d'une cinquantaine de blessés sont recensés, dont plusieurs sont évacués en urgence absolue. La scène de crime est, comme les précédentes, jonchée d'écrous, de débris d'engin explosif et de restes humains, des preuves tangibles de la nature artisanale mais dévastatrice des bombes. Les constatations des policiers et l'analyse du laboratoire situent l'épicentre de l'explosion sur le trottoir, à proximité de l'intersection de la rue de la Cokerie et de l'impasse de la Cokerie. L'explosion a également des répercussions matérielles importantes : plusieurs véhicules garés impasse de la Cokerie sont criblés par les impacts comme la façade vitrée d'un bâtiment.

Thomas entend également la déflagration. « Une troisième explosion retentit rue de la Cokerie. J'entends un homme hurler. Nous nous approchons. Les cris cessent rapidement. Une jambe, sans doute celle du kamikaze, a été projetée de l'autre côté de la rue, vers les abords du stade. La rencontre de football a été interrompue et le stade commence à être évacué.

« Dans mes souvenirs, un commandant de police venu de Paris nous rejoint sur place. Il nous demande de former une barrière autour de cette jambe, ne voulant pas que les spectateurs qui sortent aperçoivent cette scène. C'est un ordre particulièrement décalé. Nous venons d'entendre sur les ondes ce qu'il se passe à Paris, les attaques des terrasses et au Bataclan. Et moi, je suis là, à surveiller une jambe. Je me dis que nous sommes une cible potentielle, je me sens vulnérable de par notre position. Nous sommes repérables avec nos brassards de police, ce qui me paraît être à l'opposé de ce que j'ai appris à l'armée. Il faudrait que nous

nous protégions plutôt que de rester à découvert, aussi exposés. Nous ne savons pas si d'autres terroristes sont encore présents.

« Mais les ordres sont les ordres, et nous mettons en place un périmètre de protection autour de cette jambe. Nous restons là au moins vingt bonnes minutes à garder ce reste humain. Puis, nous recevons l'instruction de bouger. Je pense que c'est à ce moment-là que j'envoie un message à ma femme. Je crois me souvenir qu'elle est chez une amie à Paris et, vu ce qu'il s'y passe, je lui conseille de rentrer à la maison.

« Avec mon binôme, nous restons à proximité du McDo. Un poste de secours improvisé est mis en place là. Les secouristes, pompiers, médecins et bénévoles s'affairent. L'organisation est encore précaire mais essentielle. Des civils blessés, certains en état de choc, sont pris en charge. Les plus gravement atteints sont stabilisés en attendant les évacuations. On panse les plaies, on réconforte ceux qui tremblent. Les visages des soignants sont graves, concentrés. Ils trient les victimes selon l'urgence de leur état, une tâche déchirante. L'odeur du sang et de la poussière se mêle à celle des antiseptiques. C'est un ballet macabre de l'urgence, où chaque geste est précis, vital. La solidarité se manifeste dans l'action, l'entraide est le seul mot d'ordre. Des couvertures sont distribuées, des bouteilles d'eau offertes. C'est une course contre la montre pour sauver des vies, dans un environnement encore potentiellement dangereux. Je surveille avec une attention particulière le flux de personnes qui passe devant nous, me disant qu'un terroriste pourrait s'y dissimuler et nous attaquer. La tension est palpable, la vigilance est maximale. »

Freddy, lui, s'est « concentré sur le travail à accomplir », en l'occurrence l'évacuation des spectateurs, « malgré la peur ». « Je n'ai pensé qu'à une seule chose : je souhaite que les spectateurs rentrent bien chez eux, et que nous aussi, nous puissions rentrer sains et saufs ! »

La sensation d'être démuni face au danger s'installe. « Une question me taraude : sommes-nous pris pour cibles ? » se remémore Thomas. « La peur d'une attaque directe, d'être nous-mêmes visés, est palpable. Je me dis que le danger peut venir de partout. Machinalement, je sors mon arme et je la tiens à la main, adoptant une posture de défense. À partir de cet instant, chaque personne que je ne connais pas devient un ennemi potentiel. Nous sommes presque les seuls présents dans la rue. Chaque fois que quelqu'un sort du parking à proximité, nous le braquons avec nos armes, le temps de nous assurer qu'il n'est pas hostile », poursuit-il.

« Je me tourne vers mon binôme et lui dis : "On ne se lâche pas, on va veiller l'un sur l'autre, tu veilles sur moi et je veille sur toi". À partir de ce moment, ma concentration est totale sur la sécurité de mon collègue et la mienne. Je n'ai pas le souvenir d'avoir pensé à ma famille à ce moment-là. J'étais totalement absorbé par la situation, par l'instinct de survie pur et simple. Je suis en mode ultravigilance, persuadé que ce n'est peut-être pas terminé. Nous n'avons aucune information sur les ondes radio, nous ne pouvons compter que sur nous-mêmes. »

Grâce aux diligences des autorités préfectorales et des policiers de la Direction de l'ordre public et de la circulation, une catastrophe a été évitée. Si les spectateurs avaient été invités à quitter le stade à la première explosion plutôt que d'attendre la fin du match, le mouvement de foule aurait pu être dramatique. Finalement, au regard des 80 000 spectateurs, les trois explosions ont eu un impact relativement limité et les blessés ont été pris en charge immédiatement par les secours présents sur place pour la compétition. Freddy raconte l'évacuation : « Dans mon esprit, les 80 000 personnes présentes à l'intérieur sont en sécurité dans l'enceinte du Stade de France. Je me dis que les terroristes n'ont pas réussi à y pénétrer avec leur engin explosif, et que le filtrage rigoureux à l'entrée les a sans doute dissuadés.

« Cependant, la pensée d'une évacuation me glace le sang : si 80 000 personnes sortaient maintenant, ce serait une opportunité tragique pour les terroristes de perpétrer un nouvel attentat d'une ampleur encore plus grande. De plus, si le match était interrompu, cela risquerait de provoquer des mouvements de panique massifs et incontrôlables parmi la foule.

« Malgré mes craintes, nous recevons l'instruction claire de reprendre nos points de sécurisation initiaux. Je mets mon brassard POLICE. Le match est mené à son terme. Les gens commencent à sortir du stade. Contre toute attente, il n'y a pas de panique générale, mais je lis distinctement une profonde inquiétude dans leurs yeux et observe une certaine fébrilité dans leurs comportements. La nouvelle des attaques se propage, créant un climat d'anxiété palpable.

« Pour compliquer encore la situation, les réseaux téléphoniques sont saturés, rendant toute communication difficile, voire impossible. De surcroît, RER et métro ne fonctionnent plus, coupant les principales voies d'évacuation pour la foule. Je crois que les agents RATP ont fait valoir leur droit de retrait face à la menace potentielle, estimant que leur sécurité n'est plus assurée.

« Face à cette situation chaotique, nous aiguillons les gens comme nous le pouvons, en fonction de leurs demandes et des informations limitées dont nous disposons. Pendant tout le temps où je parle avec les spectateurs, je garde mon arme à la main, un geste dicté par la prudence et la conscience du danger. Je leur demande de maintenir une certaine distance entre eux et moi, par crainte d'une nouvelle explosion. C'est une situation plutôt stressante pour moi. J'ai peur : peur pour moi, pour mes collègues, pour les gens. Je crains par-dessus tout un mouvement de foule. Il y a énormément de monde, comme il peut y en avoir à la sortie d'un stade, ce qui nous rend particulièrement vulnérables à toute nouvelle attaque ou à un mouvement de panique.

« Je n'ai aucune information précise sur le nombre de terroristes. Je sais uniquement qu'il y a eu plusieurs attaques simultanées. Avec mon binôme, nous ne nous parlons pas beaucoup, les mots sont superflus face à l'urgence. Je lui donne des consignes de travail claires et concises : "Tu gardes ton arme à la main et tu renseignes les gens rapidement. Il ne faut pas qu'ils traînent ou qu'ils stagnent sur place", j'insiste, conscient que la fluidité du mouvement est cruciale pour la sécurité de tous.

« Finalement, le stade est entièrement évacué, et l'esplanade se vide complètement. J'apprends que les joueurs allemands n'ont pas voulu sortir du stade et qu'ils sont restés dans le vestiaire, craignant sans doute d'être en danger à l'extérieur. »

Conjuguée à certains gestes de témoins, leur action a été décisive pour l'enquête qui s'est ensuivie. La découverte des passeports syriens que les terroristes avaient sur eux lors de l'attaque a permis de retracer leur parcours avant d'entrer sur le territoire français. Les empreintes digitales relevées sur le cadavre du premier terroriste correspondent à celles de ce faux migrant passé par l'île de Leros le 3 octobre 2015. Une autre découverte est faite dans la poche droite de son jean : un morceau de papier chiffonné sur lequel sont manuscrits des numéros turc et américain, non activés depuis la France. Ces éléments suggèrent des tentatives de communication et des liens transnationaux de l'organisation. Grâce à ces découvertes, les enquêteurs vont rapidement reconstituer le puzzle, aidés par la revendication de Daech quelques jours plus tard.

L'identification de Bilal Hadfi est rapide, facilitée par l'autopsie des débris humains. Les enquêteurs de la police scientifique parviennent à prélever ses empreintes digitales et son profil ADN. Son passé de délinquant, connu en Belgique pour des faits de vol, de cambriolage, de recel et de stupéfiants, contraste avec son adhésion radicale à l'idéologie djihadiste. Sans doute une manière pour lui de purger son passé, de manière radicale.

Son compte Facebook, sous le pseudonyme « Billy du hood » (Billy de la cité, N.d.A.), offre un aperçu troublant de sa radicalisation. Ses posts sont des manifestes de haine et d'appel à la violence : « Arrêtez avec vos manifestations à la con... même si c'est pour Gaza ou je ne sais quoi encore. Je sais que ça ne sert à rien vos manifs. Vous voulez bouger? Ben prenez vos couilles en main et allez sur le terrain d'Allah. » Le 6 février 2015, il écrit, prémonitoire : « Préparez vos gilets pare-balles! L'heure est arrivée les frères. » Bilal Hadfi a rejoint l'État islamique en Syrie en février 2015 pour un bref séjour. Quand il rentre en Belgique, il fait des séjours réguliers en prison. Ses échanges avec sa mère, qui le suppliait de rentrer à Bruxelles, révèlent une détermination implacable et une volonté de martyr : « Ben tu peux toujours oublier cette envie parce que... moi honnêtement j'ai pas envie. Moi je suis là moi... Je resterai là jusqu'à la mort Inch'Allah. Jusqu'à où je suis *chahid* (martyr, N.d.A.). Je veux pas revenir. Le jour où je viendrai... faire une attaque ici mais c'est pas pour revivre avec vous. » Sa radicalisation est poussée à l'extrême, comme le prouve la vidéo de revendication de l'État islamique diffusée après les attentats, où il apparaît en tenue de djihadiste, sous le pseudonyme « Abou Mujahid Al-Belgiki » (le père du combattant belge, N.d.A.), égorgeant un prisonnier. Selon des partisans du groupe terroriste interrogés plus tard par les services de renseignement français, Hadfi aurait fait partie, au sein de Daech, d'un groupe de volontaires pour des actions suicide. Il a franchi la frontière franco-belge, le 12 septembre, à bord de la Polo noire aux côtés des membres du commando du Bataclan. Arrivé à Alfortville où les terroristes du Bataclan logeaient, il a ensuite rejoint ses complices du Stade de France, rue Georges-Tarral, à Bobigny.

La perte de Manuel Dias et les dizaines de blessés aux abords du stade ont été les premières manifestations d'une violence aveugle qui allait faire de nombreuses autres victimes dans la capitale ce soir du 13 novembre. Les profils des kamikazes, notamment Ammar Al-Sabawi et Mohammad Al-Mahmod, se faisant passer pour des réfugiés, ont soulevé des débats complexes sur les contrôles aux frontières. L'exploitation de routes migratoires par des terroristes a ajouté une dimension sécuritaire à la crise humanitaire des réfugiés.

Le cas de Bilal Hadfi, un jeune Franco-Belge, a mis en lumière la menace du terrorisme « endogène », de citoyens européens, nés et éduqués en Europe, endoctrinés et entraînés par des organisations comme l'État islamique. Ses messages sur les réseaux sociaux, révélant une progression rapide dans la radicalisation, ont souligné l'importance de la surveillance des discours de haine en ligne et de la détection précoce des signes de radicalisation, notamment chez les jeunes. Bilal Hadfi avait tout juste 20 ans.

Les attentats du Stade de France ont également mis en évidence la coordination et la planification sophistiquée des opérations terroristes menées par Daech. La communication entre les différents commandos, les faux papiers, l'utilisation de véhicules pour le transport, et la tentative d'infiltration du stade avant de se rabattre sur des cibles externes, tout cela a montré la complexité de la logistique terroriste et la détermination des assaillants.

Pour Thomas, le reste de la soirée se passe dans un quasi-silence. « Une fois le stade totalement évacué, notre dispositif est levé. Nous regagnons notre base en véhicule. Je n'ai pas le souvenir que nous ayons beaucoup parlé durant le trajet. Le silence est lourd, chacun semble perdu dans ses pensées, digérant les événements. Arrivés au service, nous faisons un débriefing, ou plutôt une discussion de groupe entre nous. Chacun exprime ce qu'il a vécu. Nous réussissons, pendant un petit moment, à nous détendre un peu avant de rentrer chez nous. Je rentre seul avec ma voiture. J'ai un peu de trajet, j'habite à cette époque dans les Yvelines. Durant tout le chemin, je suis en boucle sur ce que je viens de vivre, je me refais la soirée dans ma tête, chaque scène, chaque bruit, chaque sensation. J'écoute aussi les infos à la radio. Je me souviens que j'ai envie d'intervenir en direct, car ce qui est raconté n'est pas le reflet de ce que j'ai vécu. Je crois bien que j'essaie de téléphoner au standard d'une chaîne d'infos, mais je n'arrive pas à être en contact. J'ai déjà le sentiment amer d'avoir été exposé à une nouvelle attaque terroriste malgré moi, cela me perturbe profondément. Je ne me souviens pas avec précision de mon retour à la maison. Ma femme est là, mais quoi qu'il en soit, je ne lui parle jamais de mon travail. J'ai pris le parti de l'épargner de tout ce que je peux voir durant mon activité professionnelle. Je pense que c'est mieux comme ça. Le poids de ce que j'ai vécu est lourd et je le porte seul. »

Les terrasses

Quatre minutes après l'explosion du deuxième kamikaze au Stade de France à Saint-Denis, la seconde partie du plan des djihadistes de Daech est mise à exécution à Paris. Ce n'est qu'à 21 h 29, après une deuxième fusillade visant des terrasses parisiennes, que l'attentat multisite est identifié par les autorités.

Une heure avant cela, à 20 h 38, Abdelhamid Abaaoud, dit Abou Omar al-Belgiki, le chef opérationnel du commando terroriste de ces attentats, Chakib Akrouh et Brahim Abdeslam, tous trois nés en Belgique, démarrent à bord d'une Seat Leon en direction de la porte de Bagnolet. Ils ont quitté Charleroi la veille et ont logé à Bobigny. Le « groupe Omar », selon l'intitulé retrouvé dans leur ordinateur par les enquêteurs, rejoint les 10e et 11e arrondissements de Paris. Deux des secteurs parmi les plus cosmopolites de Paris, qui connaissent une vie nocturne animée les fins de semaine. Le trio de kamikazes emprunte la place Gambetta puis longe le cimetière du Père-Lachaise et l'avenue Parmentier jusqu'aux abords de l'hôpital Saint-Louis. Dans ce véhicule sombre, loué en Belgique, les trois hommes roulent en repérage du côté de la rue Alibert dans le 10e arrondissement de Paris. La voiture s'approche de ce carrefour de la vie parisienne. Ils évaluent les cibles, improvisent leur tactique pour réaliser le plus de dégâts possible ; dans le même temps, ils devaient s'assurer d'une zone de sortie « sécurisée » pour poursuivre leur périple meurtrier. L'attaque des « terrasses » a débuté. Soit l'assassinat sommaire à l'arme automatique de jeunes gens en train de boire un verre, de dîner, de refaire le monde en ce vendredi soir encore doux de novembre, et dont Paris restera à jamais marqué.

La Seat Leon revient à son point de départ et s'arrête directement devant les terrasses bondées du Carillon, un charmant café parisien, et du Petit Cambodge, un restaurant asiatique à la mode, plein à craquer. Soudainement, les sons familiers de la ville – le brouhaha des conversations, le tintement des verres, les rires – sont écrasés par le fracas assourdissant des tirs. Il est 21 h 24, les trois individus descendent du véhicule noir à l'angle des rues Alibert et Bichat et, armés de fusils d'assaut de type kalachnikov, font feu sur les personnes attablées en extérieur en criant « *Allahou Akbar* ». Un torrent de balles déchire la foule. Les clients sont fauchés, leurs vies éteintes dans un chaos de poudre et de sang. L'attaque a été rapide et brutale, une minute à peine.

« Je me souviens de cette alerte comme si c'était hier, explique Laurent, 30 ans. Sur le moment j'ai pensé à un règlement de comptes entre bandes, notamment avec les gars de la Grange aux Belles. On prend la direction de la rue Bichat lorsque, à la radio, le commissariat du 10ᵉ annonce d'un ton clair et sans panique "demande de priorité absolue, 20 personnes au sol, je demande les pompiers, le Samu et des renforts". » Pierre, lui, est au nord de Paris, plus près du 10ᵉ arrondissement. « On était vendredi soir, et pour moi, pour nous, il n'y avait rien d'inquiétant à l'annonce sur nos ondes police d'une rixe dans un bar. C'était assez fréquent le vendredi ou le samedi soir. Mais deux minutes après, un nouveau message nous parvient : "urgent, on a besoin d'énormément de monde sur place". On démarre sans perdre une minute. » Zouhir, 40 ans, part immédiatement prendre en charge l'une des magistrates qui travaillent avec François Molins au parquet de Paris pour l'escorter jusqu'aux scènes de crimes. On n'est plus vraiment sur une rixe de bar. « On reçoit pour mission de la convoyer et de l'escorter rue Alibert au Petit Cambodge, sur les lieux d'une fusillade. La présence d'un magistrat sur cette scène de crime s'impose. » Isabelle, 28 ans : « Quand j'arrive au commissariat, je vois en face de moi dans le hall une dizaine de collègues en gilet lourd tenant les pistolets-mitrailleurs. Prêts à partir. » La scène est la même du côté de Xavier, un gardien de la paix affecté au commissariat du 19ᵉ arrondissement de Paris. Il raconte : « On se regarde à peine. Les gestes sont automatiques. On embarque, gyros, sirènes. Direction le 10ᵉ arrondissement. Sur la route, des échanges brefs. Aucune certitude. Le stress monte en silence. À notre arrivée, une voiture de police est déjà sur place. » Bérangère, 27 ans, a encore à l'esprit les multiples appels de ses collègues passés sur les ondes : « Sur radio-police, cette fois on entend "des blessés par arme à feu sur le 10ᵉ". L'opérateur a l'air affolé. Un collègue du 10ᵉ arrive sur place avant nous, il nous appelle : "Québec 18 !", "Québec 18 !", c'était notre indicatif. Il répète en boucle : "Gens à terre ! Gens à terre !" »

« Avec les collègues, sur un trottoir banal, en quelques secondes, on se transforme en soldats, retrace Florian, du 19e arrondissement lui aussi. La radio nous lance : “Ça tire dans le 10e arrondissement.” Je dis à mon chef : “On s’équipe en ‘lourd’ avant d’y aller.” Sous le regard ahuri des passants, nous enfilons nos gilets pare-balles lourds, des armures malgré tout dérisoires face à la puissance destructrice des kalachnikovs. » Chaque policier est doté d’un gilet pare-balles personnel – des gilets pare-balles dits lourds sont en dotation collective – qui peut être additionné de plaques de métal, ce qui permet théoriquement d’accroître la protection face à des gros projectiles tirés par des armes de guerre type kalachnikov.

*

Lorsque les policiers arrivent sur les lieux, relativement équipés, les terroristes sont déjà partis ailleurs. Ils font face aux victimes. Les véhicules garés à proximité ont été touchés par des balles perdues, des éclats ont volé dans toutes les directions. Un camion de pompiers, qui passait par hasard, a été pris sous le feu.

Lucie, brigadier-chef, chef de section CSI75, Paris, 38 ans : « Nous avons dû mettre deux ou trois minutes pour atteindre le Carillon et le Petit Cambodge. Je me suis retrouvée face à une petite foule de personnes en panique qui venaient dans notre direction. J'ai balayé visuellement les lieux et j'ai vu que nous étions les premiers policiers sur place. »

Jean-Baptiste, brigadier-chef, BST-alpha, Paris 10e, 37 ans : « Quai de Jemmapes, nous sommes arrêtés par des gens dans la rue qui nous font signe. Dans un premier temps, j'ai pensé qu'on nous hélait pour un accident de la circulation. Je remarque immédiatement des abrisbus, des vitrines de magasin détruits, des vitres de véhicule brisées et de nombreuses douilles au sol. La première personne qui vient à mon contact m'explique qu'elle vient de se faire tirer dessus et qu'un impact est visible sur le pare-brise de sa Smart. Je vois également des personnes courir et d'autres rester inertes. Puis c'est le choc pour moi : plusieurs personnes sont allongées au sol en pleine rue. »

Xavier, gardien de la paix, 23 ans, 19e : « Les gyrophares se projettent sur les façades. Des gens courent, certains crient, d'autres restent figés. Il y a du sang, des corps au sol. Beaucoup de cartouches autour. De kalachnikov? D'armes automatiques et d'armes de guerre, de toute évidence. Le choc est immédiat. L'odeur du métal, le cri des blessés, le regard vide de certains collègues. On demande des renforts. Les radios crépitent sans arrêt. Les informations sont floues, confuses, parfois contradictoires. »

Bérangère, gardien de la paix, Paris 18e, 27 ans : « On sort du véhicule, on s'équipe. On prend chacun un gilet lourd dans le coffre mais on n'avait aucune arme lourde, pas un pistolet-mitrailleur. On n'avait que nos armes de service à la ceinture. On a comme un pressentiment. Je ne saurai pas comment l'expliquer, toujours est-il qu'on prend deux minutes pour passer, chacun, un appel perso. Un collègue appelle sa femme, je l'entends dire : "Embrasse les filles, ne t'inquiète pas." Un autre appelle sa mère : "Ne regarde pas ce qui se dit à la télé, ne t'inquiète pas pour moi." Mon compagnon, motard à la préfecture de police, est au courant, moi, j'appelle mon frère : "Ne bouge pas de chez toi, ne sors pas." Je lui dis ça comme on donne un ordre. »

Yann, gardien de la paix, BST Paris 10e, 30 ans : « On a mis moins de cinq minutes pour arriver après un appel au 17. Une personne en état de choc nous invective : “Pourquoi avez-vous mis si longtemps à venir?” Je me souviens d'un stagiaire qui, sorti de son véhicule, n'a pas manqué de mettre sa casquette. Je lui ai dit que ce n'était pas l'équipement le plus utile ce soir. »

Lucie : « Je me suis dirigée vers le Petit Cambodge lorsque quelqu'un m'a désigné une personne blessée allongée au sol. Je me suis approchée, deux femmes lui prodiguaient les premiers soins. Il s'agissait d'un médecin et d'une infirmière de l'hôpital Saint-Louis, situé à proximité. La victime, une femme âgée de 75 ans environ, présentait plusieurs blessures par balle, dont une importante au flanc, le projectile avait dû ressortir dans le dos. Elle était encore consciente et ne se plaignait pas. Elle m'a dit : “Je marchais dans la rue Alibert, je passais l'angle avec l'avenue Parmentier et il y a eu des coups de feu”, puis elle s'est retrouvée au sol. C'est tout ce dont elle se souvenait. Elle était accompagnée de son petit-fils qui devait avoir 9 ou 10 ans qui se tenait à côté d'elle, il était en état de choc. J'ai tenté de le rassurer comme je pouvais, je lui ai dit que sa grand-mère était forte et qu'elle allait s'en sortir, qu'il ne devait pas s'inquiéter. »

Pierre, gardien de la paix, Brigade cynophile, 28 ans : « Avec Charly, mon binôme, on s'est dirigés au Carillon. On a essayé de réaliser les premiers secours comme on pouvait.

« Je me suis avancé vers la terrasse où je me suis immédiatement occupé d'une jeune fille. Une balle lui avait traversé la cuisse, elle saignait et se tordait de douleur. Un jeune homme gisait mort à côté d'elle ; j'ai retiré la ceinture du jeune homme afin de l'utiliser comme garrot sur la jeune fille. Une personne est restée à ses côtés. Je n'ai jamais su si les soins prodigués lui ont été utiles. C'était réalisé avec les moyens du bord et le système D, le résultat était plus qu'incertain.

« J'ai été frappé par la vue d'un jeune homme, mort, assis sur un tabouret de bar, une blessure au flanc, à moitié affalé sur la table, le visage déformé dans une expression de stupeur, sa main tenait encore son verre de bière. Comme si les djihadistes l'avaient empêché, interdit, de prendre une dernière gorgée.

« Je me souviens avoir vu un pompier se mettre à hurler puis éclater en sanglots. »

Lucie : « Je dénombrais au moins une dizaine de morts. Étonnamment je ne voyais pas de sang, ni au sol ni sur les vêtements des victimes, comme si les blessures étaient déjà cautérisées. J'aperçois une jeune fille, en terrasse, accoudée à une table haute, elle semblait debout et vivante et pourtant elle était décédée, fauchée en train de jouir de la vie... »

Pierre : « Les tirs à l'arme de guerre, cela ne faisait plus guère de doute lorsque, quelques minutes auparavant, au volant de notre véhicule, on était passés devant le bar qui fait l'angle avec la rue Alibert. J'avais vu la terrasse du Petit Cambodge dévastée, les tables et les chaises renversées, les vitres brisées, une vingtaine de corps couchés à terre. Les corps au sol ne sont que des jeunes gens.

« Il faisait doux ce soir-là, les vitres de notre voiture étaient ouvertes, j'entendais des gens crier de douleur et une très forte odeur de sang se répandait. Des survivants en panique s'agitaient et hurlaient.

« J'avais l'impression de passer devant cette scène au ralenti, ça paraissait irréel. »

Zouhir, brigadier, BAC Paris 17ᵉ, 40 ans : « Quand on arrive avec la magistrate, les draps blancs recouvrent les corps, les pompiers sont déjà là. C'est une véritable scène de guerre. Tu regardes comme un fantôme, ça dure quinze minutes. Il y a là une dizaine de corps. Le bruit des gyrophares, les cris, les pleurs, du monde autour. Un bordel sans nom. On était les premiers intervenants, les collègues n'avaient pas encore installé de cordon. On est à l'extérieur, en protection de la magistrate, on lui donne un de nos gilets pare-balles lourds pour parer les armes de guerre. »

Treize vies viennent d'être brisées en un instant de violence insensée. Chaque victime avait son histoire, ses rêves, ses amours, ses amis, une famille. Alva Berglund, Chloé Boissinot, Asta Diakite, Nohémi Gonzalez, Raphaël Hilz, Amine Mohamed Ibn Al Mobarak, Charlotte Meaud, Émilie Meaud, Justine Moulin, Anna Petard-Lieffrig, Marion Petard-Lieffrig, Sébastien Proisy et Stella Verry. L'analyse balistique effectuée ultérieurement par des experts a confirmé que les trois armes à feu trouvées dans la Seat Leon, des fusils d'assaut Zastava, dérivés de la kalachnikov et de fabrication serbe, étaient bien les armes qui avaient été utilisées lors de cette attaque. Les experts ont déterminé le nombre précis de coups de feu tirés par chaque arme automatique : 50, 24 et 56 balles respectivement.

*

Les policiers commencent alors à agir. Yann s'est positionné à l'angle des rues, arme à la main, avec son coéquipier, Quentin. « Il faisait sombre, on braquait systématiquement tous les véhicules qui arrivaient et après vérification des occupants on les dirigeait vers le canal Saint-Martin. On bloquait l'accès à la zone. On filtrait les piétons qui rejoignaient leur domicile. » Certains riverains sont à cran, d'autres ne prennent clairement pas la mesure de ce qui est en train de se passer. Xavier tente de protéger la population : « On mettait les gens à l'abri. Ils n'avaient pas conscience du danger. On entendait certains riverains ou fêtards dire "ils font encore les cow-boys", "vous faites chier à bloquer la rue". Certains tentent de passer malgré tout alors qu'on doit protéger les scènes de crime, pour que la PJ fasse ses constatations. Je répondais : "Tu rentres et tu te tais, suis les infos et suis les ordres." On ne disait rien de plus. Au fur et à mesure, une fois que les médias diffusent les infos, les gens changent d'attitude. Ils veulent nous aider et nous souhaitent désormais bon courage. »

Pierre recueille les premiers témoignages précis : « Pendant que je m'occupais d'une victime, un témoin approche et me dit : "Ils sont arrivés avec une voiture noire, ils étaient trois. Un a tiré sur les gens dans le bar, il a crié *Allah akbar*, il a mis un second chargeur qu'il a vidé en tirant vers la terrasse et ils sont partis à bord de la voiture. Ils avaient des kalachnikovs." »

Yann : « Une femme s'adresse à moi, elle me précise qu'elle a filmé le véhicule des tireurs et une partie de la scène à l'aide de son téléphone portable.

« On venait d'arriver, la situation n'était pas encore figée, la zone non sécurisée. Je lui ai demandé de trouver rapidement un support numérique pour me transmettre la vidéo. Je me disais que les éléments pouvaient être utiles pour l'enquête. Elle s'est exécutée.

« La femme qui avait filmé une partie de la scène est revenue vers moi rapidement. Elle m'a tendu une clé USB sur laquelle elle avait transféré sa vidéo. Je l'ai aussitôt remise à l'officier chargé du judiciaire du CP18, qui était présent sur les lieux, c'était Mathieu Valet (futur commissaire et désormais député européen du Rassemblement national, N.d.A.). »

Xavier : « On recherchait tous visuellement une voiture noire immatriculée en Belgique au volant de laquelle les assaillants se seraient enfuis, telle que nous l'avait annoncé notre radio. »

Mais les terroristes sont insaisissables. Ce soir-là, les Parisiens les voient partout. Les appels au

17 police secours affluent, multipliant les pistes, fausses en majorité, parasitant les recherches.

Vers 21 h 35, des effectifs de la BAC de nuit du Val-de-Marne arrivent place de la Nation, dans le 12e arrondissement de Paris. Ils s'y rendent de leur propre initiative après avoir appris par radio-police la nouvelle des explosions au Stade de France et des premières fusillades à Paris. Les policiers du Val-de-Marne, grâce à leur proximité et leur détermination, vont constituer un atout important dans la lutte contre le terrorisme cette nuit-là.

Toni, BAC 94 N, 40 ans : « On arrive au poste de Vincennes quand un nouveau message annonce que plusieurs terrasses de brasseries ont été visées par des individus armés de fusils d'assaut. Avec la description d'un véhicule en lien avec les fusillades, immatriculé en Belgique, comptant 4 individus à bord. On reprend la voiture direction place de la Nation, car c'est un possible lieu de passage du véhicule en fuite. Je dis à mes collègues : "Si on voit la voiture, on l'intercepte et on neutralise, hors de question que les tireurs continuent leur périple." »

Pourtant, rien ne permet de jurer que les terroristes ont quitté le secteur... De nombreux témoins ont appelé le 17. Ils ont vu des terroristes se réfugier dans des immeubles alentour. Les forces de l'ordre sont contraintes de réaliser des levées de doute : vérifier chaque témoignage, tant l'incertitude règne sur les zones de repli des terroristes

Yann : « Un message d'alerte sur les ondes a indiqué que “les tireurs étaient susceptibles de revenir sur place”. Ça a ajouté une tension certaine, une autre dimension, on a renforcé notre vigilance. »

De fait, les trois djihadistes sillonnent toujours les 10e et 11e arrondissements. Mais à ce moment de la soirée, les agents n'ont aucun moyen de les pister.

Jean-Baptiste : « J'ai dit à mes collègues : “S'ils reviennent, on a peu de chances... mais on donnera tout, on videra les chargeurs. On a peu de chances, mais on se défendra.” Et je le pensais. Car, il y a cette peur, sourde, permanente : et s'ils nous finissaient ? Je la ressens dans mes tripes, cette angoisse. On n'était pas là pour mourir, je savais qu'on irait jusqu'au bout. On ne faisait pas le poids avec nos armes de service, nos gilets restés dans le coffre, nos radios saturées. Oui, on n'était pas prêts, pas armés, pas entraînés mais on était là. Alors on tient. On nettoie, on sécurise, on rassure les vivants, on couvre les morts. »

Nous avons l'honneur de vous rendre compte...

*

21 h 26. Deux minutes à peine après la première attaque, la Seat Leon des terroristes arrive rue de la Fontaine-au-Roi, dans le 10e arrondissement, quatre cents mètres plus loin. La voiture s'arrête à proximité de deux nouveaux établissements : La Bonne Bière, un bar de quartier, et le Casa Nostra, un restaurant italien, situé à une centaine de mètres de là. Dans le premier, deux terroristes entrent tête baissée en rafalant, ils ne laissent aucune chance aux clients. Le troisième tireur décime la terrasse du restaurant, jusqu'à ce qu'un incident de tir enraye son arme. Une jeune femme, à terre, que le criminel pointait de son arme automatique, devra la vie à cette panne. Le temps entre les attaques est incroyablement court. Les forces de police ignorent, à ce stade, qu'il s'agit du même commando. Différents signalements de véhicule sont donnés aux policiers de terrain mais la Seat Leon ne sera identifiée qu'en toute fin de périple.

« On est les premiers sur les lieux face à l'établissement La Bonne Bière », dit Laurent, 30 ans. Des gens au sol, allongés les uns sur les autres, cinq ou six corps, ou plus, des tables retournées, je m'approche des corps, stupéfait. Un homme est allongé. Une femme à ses côtés m'a dit "faites quelque chose", je me souviens lui avoir répondu "que voulez que je fasse ?". Je n'avais aucun matériel médical et de toute façon une trousse de premiers secours n'aurait rien changé. »

Pierre, 29 ans : « Devant La Bonne Bière j'ai vu une jeune fille, sur le trottoir, elle était couchée sur le dos, elle n'avait même pas l'air d'être majeure. Elle avait un impact visible proche de l'épaule gauche, en dessous de la clavicule vers la poitrine, qui saignait. Je me suis approché d'elle, elle était inconsciente et en arrêt cardio-respiratoire.

« J'ai immédiatement commencé à lui faire un massage cardiaque, mais à chaque pression que j'exerçais du sang giclait par la blessure. J'ai compris que mes gestes étaient vains. Une femme s'est adressée à moi en anglais, elle était debout derrière moi, je pense que c'était sa mère. J'ai tourné la tête, j'ai vu dans ses yeux qu'elle me demandait de sauver la petite. J'ai repris le massage cardiaque.

« Un médecin est arrivé et m'a dit : "Elle est morte." Il me suggère pourtant de continuer, devant cette femme qui me regardait toujours. Un autre soignant est arrivé et m'a relayé. Il a exercé le massage pendant quelques secondes puis s'est arrêté et a recouvert le corps de la gamine. »

Un défunt, en terrasse, porte une bague avec l'inscription : *Love is when differences make no differences.*

Jean-Baptiste : « Je n'oublierai jamais ce sol jonché d'étuis, ces téléphones qui vibrent dans le vide. »

Bérangère : « On entendait les téléphones des victimes sonner, je n'avais qu'une envie c'était de décrocher mais je me suis retenue : ce n'était pas à moi d'annoncer la mort. On était sur zone depuis 3-4 heures. Des pompiers vomissaient sur le trottoir. Quand je les ai vus vomir, je me suis dit "on vit vraiment un truc terrible". »

Zouhir : « Sur les ondes, on ne comprend rien. C'est la panique. Tout le monde se coupe la parole. Un seul canal est ouvert, tout le monde parle en même temps. On signale des terroristes partout. À chaque signalement, des gardiens de la paix doivent vérifier. Ils effectuent des levées de doute. Chaque véhicule donne ses propres infos. Les ondes sont totalement saturées. »

Bérangère : « Ce qui me terrifiait, on n'avait aucune info, on n'avait débranché radio-police pour cause de surcharge d'ondes anxiogènes : on ne savait pas combien de terros il y avait. Au Panam'café, le gérant avait branché BFMTV, cela ajoutait à l'anxiété. Je me suis dit "on va tous mourir". La rue était vide de monde, silencieuse. On était les seules cibles dans la rue, surtout avec nos misérables pistolets on ne pouvait rien faire face à des kalachnikovs. »

Laurent : « JB tente de passer un message pour demander des secours mais sa radio affiche "anomalie 10", un problème récurrent sur cette marque de batterie. Je prends le relais et j'essaie de passer un message à l'aide de ma radio, mais les ondes sont encombrées de nombreux messages d'autres collègues demandant la priorité. Je n'ai pas pu attendre : la situation à laquelle j'étais confronté me paraissait tellement urgente que j'ai fini par passer mon message de force : "Urgent, demande de priorité, besoin de secours sur place, de renfort. Un tireur probablement encore sur place réfugié dans un immeuble, des morts et des blessés au sol." Voilà ce que j'ai réussi à placer. »

*

Pour Yann et ses collègues, le risque de surattentat est réel et la moindre conduite « anormale » devient hautement suspecte. Lors d'un contrôle rue de la Fontaine-au-Roi, où vient de se dérouler la deuxième fusillade, un homme barbu, qui avait d'abord avancé les mains en l'air vers les policiers, les a subitement cachées sous son blouson dont s'échappaient des fils électriques. Il s'est ensuite accroupi entre deux voitures. Immédiatement, les policiers mettent les passants à l'abri et improvisent. « Il s'est relevé puis il a fait face à mon collègue Quentin, qui braque le gars, le tient en respect avec son arme. Je braque le gars à mon tour », relate le policier. Florian : « D'une seule voix, nous lui intimons l'ordre de faire demi-tour, de s'éloigner. Je suis derrière le capot d'une voiture, je hurle, mon doigt crispé sur la détente, prêt à tirer. L'homme nous fixe droit dans les yeux, son regard étrange, serein mais déterminé, comme s'il était sous l'emprise de quelque chose. » Bérangère : « On est le 13 novembre aux alentours de 22 heures, la nuit est tombée depuis au moins quatre bonnes heures, la visibilité n'est pas optimale. » Yann : « L'homme était statique face à nous, il ne disait rien. Il gardait ses mains dissimulées sous son blouson à hauteur de son abdomen. On lui demandait de nous montrer ses mains, il ne bougeait pas. Je craignais qu'il détienne une arme blanche ou pire une arme de poing. Je n'avais pas connaissance de l'utilisation de ceinture explosive par les terroristes à ce moment-là.

Et pour moi, les kamikazes avec une ceinture explo on ne voyait ça qu'au Moyen-Orient. » Florian : « Il avance d'un pas assuré, ignorant nos sommations, défiant la dizaine de policiers qui reculent, impuissants. Personne ne tire. Malgré les circonstances, nos cerveaux, submergés par le doute et l'hésitation, passent en revue les conditions juridiques de la légitime défense. Peut-être trop. La pensée qui me traverse l'esprit est glaciale : "On y est... Il va se faire sauter !" Deux collègues, animés d'un courage fou, se jettent sur lui, bravant le risque d'une explosion imminente. » Yann : « On s'est rapprochés de lui tout en le braquant. Lorsqu'on a été assez proches j'ai remis mon arme à l'étui et je lui ai sauté dessus. On l'a menotté avec Quentin. » Florian : « Huit autres collègues les rejoignent, l'immobilisent au sol. Derrière ma voiture, je me baisse, cherchant une protection, et je crie : "Il va se faire péter !!!" » Bérangère : « J'avoue quand les collègues se sont jetés sur l'individu, j'ai vu mon dernier jour arrivé. Je me suis réfugiée dans les toilettes du Panam'café, arme à la main. Je me suis mise à penser : je vais mourir là alors que je ne suis même pas mariée ! Je ne sais même pas pourquoi j'ai pensé à ça alors que je ne cherchais pas spécialement à me marier. (Elle s'est mariée en mai 2025 N.d.A.) » Yann : « On a vu à ce moment-là qu'il avait dans chaque main une sorte de manette, semblable à celle utilisée pour les anciens jeux de circuit de voitures des années 80, avec un fil qui courait jusque sous son blouson. On l'a palpé de tous côtés. Les manettes n'étaient reliées à rien. » Florian : « Une fois l'homme maîtrisé et fouillé, le verdict tombe : rien à signaler. Il ne s'agit que d'un provocateur, un individu perturbé, mais inoffensif. Sa sacoche est presque vide, et il est inconnu des services de police. » Yann : « Le gars a été remis à un OPJ, je n'ai pas su ce qu'il était devenu. Je n'ai appris que plus tard dans la soirée que les terroristes étaient tous des kamikazes et qu'ils avaient donc tous revêtu une ceinture explosive. Avec cette dernière information j'ai eu une peur rétrospective en pensant au gars avec ses manettes. Je me suis dit que si ça avait été une ceinture on serait tous morts. Je me suis même demandé : "Est-ce que je n'aurais pas ouvert le feu si jamais j'avais eu cette information avant?" »

*

Ce soir-là, la tension ne retombe pas. Les alertes s'enchaînent, et il faut toutes les traiter.

Bérangère : « Sur place, c'est la confusion. Des badauds nous indiquent qu'un terro s'est retranché dans un hall d'immeuble. Le temps est précieux mais on est obligés de faire des levées de doute. On fait évacuer le café-théâtre le Panam'. »

Laurent : « Jean-Baptiste me dit “les mecs sont encore là” en parlant des tireurs. Il me désigne un hall d'immeuble et me dit “ils sont là”. À ce moment, je me suis levé, j'ai sorti mon arme, je me suis dirigé vers un véhicule en pointant le hall en question avec mon arme, puis je me suis replié derrière une roue de voiture, mon arme toujours dirigée vers l'immeuble. J'ai eu l'impression de vivre cette scène au ralenti, comme filmée en *slow motion*. Avec JB, François et Yannick, on est restés en position jusqu'à l'arrivée du RAID. Un policier du RAID m'a fait signe et vient me relever. Je me suis dit que s'il prenait cette position cela confirmait sa valeur tactique, en un mot, j'avais bien fait de m'y installer. Puis d'autres policiers du RAID ont investi l'immeuble que l'on surveillait. Leur équipement et leur entraînement n'ont tellement rien à voir avec les nôtres. J'ai alors suivi avec mes collègues afin de nous positionner en sécurisation pendant que le RAID vérifiait tous les étages. Un gars du RAID s'est adressé à JB et moi et nous a dit de le suivre dans le sous-sol afin de vérifier les caves. C'était incroyable ! J'avais l'impression d'être dans une colonne d'assaut. Je suivais l'opérateur du

RAID comme si j'étais son ombre, je n'en menais pas large comme on dit, mais j'étais rassuré par sa présence. On a passé en revue toutes les caves : RAS. »

Le RAID et les agents de la sécurité publique qui les accompagnaient ont fouillé l'immeuble jusqu'à 2 h 10 du matin. Tout ça pour rien. L'information se révélera inexacte.

Le bilan de la deuxième fusillade, à La Bonne Bière et Casa Nostra, est très lourd : Nicolas Degenhardt, Lucie Dietrich, Elife Dogan, Milko Pierre Jozic, Kheir Eddine Sahbi sont décédés. Des dizaines d'autres personnes sont blessées. Après l'agression un silence pesant est retombé sur les lieux. Le convoi des tueurs se dirige vers sa prochaine cible.

*

21 h 29. Sur les radios émettrices de la police, les annonces des explosions au Stade de France commencent à circuler. Les policiers regardent le match, mais sur les écrans, rien ne transparaît. Igor, 41 ans, lui, patrouille entre les bars des 5e et 6e arrondissements qui diffusent le match : « En pause-dîner, on écoute toujours radio-police. Il

devait être 21 h 20, on a annoncé des explosions au Stade de France. Puis un second message radio signalait qu'une voiture, en lien avec les explosions au Stade de France, arrivait à Paris et se dirigeait vers Bastille par Voltaire. Je donne instruction à mes collègues de s'équiper en lourd, c'est-à-dire pistolet-mitrailleur Beretta et gilet pare-balles lourd. On voit plusieurs ambulances et des véhicules du Samu passer tandis que sur les ondes des collègues annonçaient des tirs sur le 11e et demandaient du renfort et des secours. »

Car à Paris, la Seat Leon des terroristes emprunte l'avenue Parmentier puis le boulevard Voltaire pour atteindre la rue de Charonne. Un autre lieu emblématique du Paris fêtard et populaire, bordé de cafés, de restaurants et de bars. Devant le restaurant La Belle Équipe, des dizaines de personnes profitent de la soirée. La voiture conduite par les assaillants fait un demi-tour soudain et se positionne à l'intersection avec la rue Faidherbe. Une nouvelle série de tirs éclate. À 21 h 36, une troisième fusillade a lieu devant La Belle Équipe, située 92, rue de Charonne. Elle est perpétrée par le même commando.

Les témoignages oculaires sont glaçants. Des survivants décrivent la terreur et la confusion, la soudaineté et la brutalité de l'attaque. Ils se sont jetés au sol pour se protéger, se sont cachés sous les tables, ont couru pour sauver leur vie. Ils ont décrit l'horreur de voir des amis et des proches tomber. Les assaillants ont tiré « dans le tas ». Leur seul but était de tuer et de semer la peur. Les premiers bruits de ce massacre, Laurent, major, chef de la BSQ de Paris 11e, s'en souvient très bien : « De mon bureau, rue Charles-Dallery, j'entends des bruits de coups de feu. J'ai été tellement surpris que j'ai lâché le classeur que j'avais dans les mains. Il est 21 heures passées. J'entends d'autres tirs, répétés, les bruits étaient plutôt aigus, secs, typiques de ceux d'une arme automatique. Puis j'ai entendu les cris des gens dans la rue. Je ne distinguais pas ce qu'ils disaient mais ils criaient fort, comme affolés.

« Je me suis précipité hors de mon bureau et je suis descendu en courant pour arriver par l'extérieur du poste de police. » Guillaume, qui fait son dernier jour de stage à la BAC du 12e, est concentré : « On était sur Ledru-Rollin lorsqu'un autre message annonçait cette fois des tirs rue de Charonne, à La Belle Équipe. On a fait demi-tour, et pris la direction du commissariat du 12e afin de s'équiper en matériel supplémentaire. Les collègues du commissariat nous attendaient devant avec le matériel comme le ravitaillement au Tour de France. Ma femme, policière, était chef de poste ce jour-là. C'est elle qui m'a tendu le gilet pare-balles lourd et le pistolet-mitrailleur. Je me suis équipé sur le trottoir.

« Avec ma femme, on s'est regardés dans les yeux sans dire un mot. J'ai compris qu'elle aurait préféré que je reste là mais je devais y aller. Je me suis dit que c'était peut-être la dernière fois qu'on se voyait. » Stéphanie, brigadier, éloignée des scènes de crime, est volontaire pour aller prêter main-forte à ses collègues. « Au poste, on nous a fait un petit brief d'une minute trente, nous disant qu'on ne savait pas sur quoi on allait intervenir, qu'il faudrait être à 100 % de ses capacités et que celui qui ne le sentait pas pouvait ne pas venir. On a décidé de tous y aller. Nous sommes montés à cinq en direction du 11e. Un arrondissement que je ne connaissais pas du tout. Durant le trajet on ne s'est pas parlé. Je vérifiais si j'avais bien tout mon matériel perso : mon téléphone, un masque pour le bouche-à-bouche, des gants, un petit couteau, une lampe, etc. J'en ai profité pour envoyer un message à mon frère. Vu qu'on était un vendredi soir je voulais savoir où il était. Je voulais qu'il soit en sécurité. Je lui ai écrit "ça chie sur Paris, reste à la maison". »

Isabelle, gardien de la paix, Paris 11e, 28 ans : « Je cours à l'armurerie, je récupère mon arme et fonce au vestiaire. J'allume ma radio (police) qui hurle "rue de Charonne, 19 D-C-D!". À cette heure, tous les effectifs de police foncent dans l'Est parisien. »

Laurent, major, chef de la BSQ, Paris 11e, 48 ans : « Mon collègue Grégoire jette sa cigarette et on part tous les deux en courant, direction rue de Charonne. Le commissariat n'est qu'à cent mètres environ. Je vois plein de gens courir dans notre direction. Je comprends qu'ils fuient le lieu de la fusillade. Nous avons remonté la rue de Charonne en longeant les véhicules en stationnement pour nous abriter au cas où les tireurs viendraient dans notre direction. Grégoire, équipé du gilet pare-balles lourd, marchait devant. Des gens continuaient à arriver vers nous. Je leur répétais de se mettre à l'abri. Nous avons progressé sur deux cents mètres environ jusqu'à arriver à l'angle de la rue Faidherbe. Durant le trajet, je pensais à un règlement de comptes entre voyous. »

Julien, un gardien de la paix de 34 ans, tombe sur un premier témoin oculaire : « Je vois un homme, noir, au milieu de la route, marcher vers nous, il porte un tee-shirt maculé de sang, il lève les mains. Il a l'air hagard. Je ne distingue pas si c'est pour nous appeler ou en signe de reddition. On sort tous les trois de la voiture, on se positionne autour de lui, on le braque avec nos armes de service. Il se fige et s'adresse à nous "des mecs sont arrivés dans une voiture noire et ont tué tout le monde sur la terrasse en leur tirant dessus". L'homme s'écroule au sol. Il n'est pas blessé mais en état de choc. Je contourne l'homme et me dirige à pied vers la terrasse de La Belle Équipe suivi de mes deux coéquipiers. » Laurent, major, est lui aussi informé par un témoin de la scène : « Un jeune sur un scooter remontait la rue à contresens, venant vers nous assez rapidement. Il s'est arrêté à notre hauteur, il avait l'air complètement affolé. Il s'est adressé à nous et a désigné la rue de Charonne en répétant COUPS DE FEU, COUPS DE FEU, DES BLESSÉS, DES MORTS, il était vraiment en panique. »

Des images capturées par deux témoins depuis un balcon voisin ont immortalisé le moment de terreur. Elles montrent l'un des assaillants, Abdelhamid Abaaoud, identifiable à ses baskets orange, tirant debout près de la portière arrière de la Seat Leon. Un autre homme, que l'on croit être Brahim Abdeslam, descend du siège passager pour ouvrir le feu à son tour.

Cette troisième attaque a été la plus meurtrière de la nuit sur les terrasses ; 21 personnes sont mortes à La Belle Équipe : Anne-Laure Arruebo, Macathéo Boumbas, Ciprian Ionut Calciu, Cécile Coudon Peccadeau de L'Isle, Marie-Aimée Dalloz, Romain Didier, Justine Dupont, Romain Feuillade, Véronique Geoffroy épouse Lagache de Bourgies, Michelli Gil Jaimez, Cédric Ginestou, Thierry Hardouin (un policier de Bobigny hors service ce soir-là), Djamila Houd, Hyacinthe Koma, Guillaume Ledramp, Lamia Mondeguer, Victor Munoz, Hodda Saadi et sa sœur Halima, Lacrimioara Pop, René Bichon. Le Petit Baïona, un bar à proximité, est transformé en poste de secours improvisé, où les blessés sont soignés et les mourants reçoivent les derniers sacrements.

À La Belle Équipe, les experts ont déterminé le nombre de coups de feu tirés par chaque arme : 55, 37 et 72 fois. La Seat Leon, après avoir semé la mort et la destruction dans trois lieux différents, poursuit son chemin à travers les rues de Paris.

Julien : « Une jeune femme autour de la vingtaine s'est approchée de moi. Elle était terrifiée. Elle m'a pris la main, elle m'a supplié "me lâchez pas, je ne veux pas mourir". Au bout d'un petit moment j'ai réussi à la faire asseoir, elle est restée longtemps à côté de moi. Une autre jeune fille m'a demandé de l'aide, son ami était allongé à terre un peu plus loin, il s'était effondré. Je l'ai accompagnée, il était recroquevillé en position fœtale. Il avait plusieurs impacts de balle qui lui avaient traversé la poitrine et le dos. Des soignants l'ont rapidement pris en charge. » Laurent, major : « La chose qui me choque aussitôt : il n'y a ni cri, ni gémissement, mais un silence assez étrange. Je me souviens des mots de Grégoire. Originaire du sud-ouest de la France, il avait gardé un accent prononcé, il répétait "putain, putain"... Malheureusement, même avec un équipement de premiers secours nous ne pourrions rien faire tellement leurs blessures sont importantes. »

Sur les ondes de radio-police, Julien est rapidement avisé et se rend rue de Charonne. « Un appel général est lancé par le CIC* de la Direction de la sécurité publique de la PP (DSPAP) signalant un véhicule noir en fuite, immatriculé en Belgique, en lien avec la fusillade. Là, dans la voiture, je dis "si on voit, on intercepte" ! On est rapidement place de la Nation, on prend la rue du Faubourg-Saint-Antoine direction Bastille. Je prends la rue Faidherbe en direction de la rue de Charonne. »

Isabelle : « Les victimes blessées ont déjà été évacuées par les secours, seuls restent les corps sans vie. L'ambiance est calme, nous approchons doucement en regardant tout autour de nous, le café est maintenant dans notre champ de mire, à chaque pas des douilles roulent sous nos chaussures, nous marchons sur un champ de balles. Tous ces corps… tout ce sang… J'essaye de ne pas les regarder et pourtant mon regard est attiré. »

Julien : « Immédiatement je suis pris par une forte odeur de poudre chaude. Mon passé de militaire ressurgit, mon expérience des scènes de guerre me confirme qu'il s'agit de l'odeur caractéristique qui reste dans l'air après l'utilisation d'un pistolet mitrailleur en mode rafale.

« À partir de 2001, j'ai servi plusieurs années au sein du 27e bataillon de chasseurs alpins à Annecy. Une compagnie de combat. J'étais tireur d'élite. J'ai fait de nombreuses opérations extérieures, sur des théâtres de guerre. La Bosnie, en mission de sécurisation de la population civile pendant que les différentes milices s'affrontaient. Le Kosovo, en mission de maintien de l'ordre. La Côte d'Ivoire, le pays était dans une période de guerre civile, des villageois étaient massacrés, on venait y relever la

Légion étrangère. L'Afghanistan, en soutien de l'armée régulière afghane qui reprenait le terrain aux talibans. Certaines missions étaient vraiment périlleuses. J'ai essuyé des tirs plusieurs fois. Des tirs de fusil-mitrailleur, de kalachnikov. Une première fois en Côte d'Ivoire, puis à plusieurs reprises en Afghanistan, où aussi notre VAB a été touché par un tir de roquette entraînant la mort d'un camarade de combat. C'est la même odeur ce soir-là à Paris 11e. »

Florian : « Moi aussi, j'ai peur. Une peur viscérale. Je deviens agressif, impatient, hurlant sur les passants pour les forcer à comprendre le danger : "Rentrez chez vous ! Faites demi-tour ! Ne restez pas là !" Les passants subissent nos injonctions répétées, notre urgence à les éloigner du danger. Lentement, ils finissent par comprendre la gravité de la situation. Ils quittent les lieux courbant l'échine, cherchant à se faire oublier, à échapper à l'horreur. »

Julien : « Rue de Charonne, j'avertis mes collègues du danger, ne sachant pas si les lieux sont sécurisés, et dans un réflexe professionnel on s'est collés dos à dos, afin d'avoir une vision à 360 degrés pour déceler toute menace.

« On a progressé ainsi jusqu'à la terrasse qui devait être à une vingtaine de mètres de notre position.

« Je suis interpellé par un autre homme sur place “des gars ont tiré avec des fusils, ils sont partis dans une voiture noire immatriculée en Belgique, ils ont dit qu'ils allaient revenir”.

« La terrasse comme la salle de La Belle Équipe sont dans la pénombre, les lumières sont éteintes.

« Je vois des morts au sol, beaucoup, de sales blessures, causées par des armes de guerre, typiques de celles occasionnées par des kalachnikovs. Le sol est jonché de corps.

« Un homme rampe vers moi, il lui manque un pied, sectionné par des projectiles.

« Un couple est assis autour d'une table. Elle a la tête en arrière, un trou en plein milieu du front. Il a la tête penchée en avant, les yeux exorbités, un cratère à l'arrière du crâne.

« Deux verres de bière sont intacts sur la table.

« Du sang coule du trottoir vers le caniveau.

« Une vision d'horreur.

« Ça me rappelle les exactions dans les villages en Côte d'Ivoire. »

Laurent : « De nombreuses informations commençaient à être diffusées sur les ondes faisant état d'attentats coordonnés. Jusque-là, je n'avais pas craint pour ma sécurité mais vu les informations entendues, j'ai immédiatement pensé à notre propre sécurité.

« Pour autant sur place, je ne me souviens pas avoir pensé aux terroristes ni même avoir craint pour ma vie. M'adressant aux collègues du 11e arrivés en renfort, je leur ai demandé de mettre en place un périmètre de sécurité et d'être particulièrement vigilants. Nous n'avions aucune information sur le ou les tireurs et nous ne savions pas où ils pouvaient se trouver. »

Guillaume : « Quand nous sommes arrivés à proximité de La Belle Équipe, la scène était confuse, chaotique. J'ai eu un sentiment d'impuissance face à cette scène, on n'avait aucun matériel de secours. »

Isabelle : « Mon regard est happé par le corps inanimé de cet homme bien habillé, encore attablé, le regard fixé sur sa tasse qu'il tient encore dans sa main. Un deuxième qui l'accompagnait a essayé de fuir à travers les chaises mais il a été rattrapé par les balles. Une femme a tenté de se cacher derrière une simple table, comment aurait-elle pu s'en sortir… ? le rapport des forces était biaisé, ils n'avaient aucune chance… »

Laurent : « Je me suis attelé, avec d'autres policiers, à la préservation des traces et indices. Comme j'avais une paire de gants j'ai commencé à ramasser des douilles parmi les nombreuses qui se trouvaient au sol afin de les remettre plus tard à l'IJ*. C'est là que je me suis aperçu du gros calibre qui avait été utilisé. Probablement une arme de guerre de type pistolet-mitrailleur, ce qui expliquait l'état des victimes. »

Julien : « Je m'écarte un peu de la terrasse de La Belle Équipe, je manque de perdre l'équilibre. Mon pied droit vient de rouler sur quelque chose d'instable. Au moins une centaine d'étuis vides de calibre 7,62. Celui d'une kalachnikov. Je comprends que les tireurs ont vidé plusieurs chargeurs. Il n'y avait aucun doute sur leur intention de tuer un maximum de gens. »

Laurent : « À la radio, un message évoquait la fusillade dans le 10ᵉ arrondissement, j'ai compris que les secours étaient très occupés. Mais très rapidement des véhicules de police sont arrivés. J'ai vu un équipage de la CSI75, la police secours et la BAC 11ᵉ. Les pompiers sont arrivés très rapidement sur place. Avec d'autres collègues, on a aidé les pompiers à déplacer les blessés vers un poste de secours improvisé dans l'établissement Le Petit Baïona au 90 de la rue de Charonne, ainsi que les morts. Nous les avons déplacés comme nous pouvions, nous n'avions aucun brancard. »

Julien : « J'ai eu un message de ma sœur sur mon téléphone portable. Elle s'inquiétait pour moi. Une de ses amies qui regardait les infos m'avait reconnu sur une télé d'info continue et l'avait contactée. Je l'ai rassurée. Je lui ai répondu : "Ils ne m'auront pas comme ça, je ne suis pas un gars facile", en référence à mon expérience sur les théâtres de guerre à l'étranger. J'étais prêt à me défendre. Puis dans la nuit, on a été relevés par des militaires de la mission Sentinelle. »

Laurent : « J'ai demandé à certains de mes collègues de se mettre à dispo des pompiers pour les seconder, à d'autres d'essayer d'obtenir des informations sur les faits auprès des rescapés le cas échéant, et encore à d'autres de faciliter la circulation des secours et des véhicules intervenants. »

*

21 h 41. Avant que la troisième équipe de terroristes ne se lance à l'assaut du Bataclan, le trio de djihadistes des terrasses à bord de la Seat Leon poursuit sa route jusqu'à la place de la Nation. Après avoir déposé un des terroristes au 253, boulevard Voltaire, face à la brasserie Le Comptoir Voltaire, le véhicule roule jusqu'à Montreuil au bout de la ligne 9 du métro. Il sera retrouvé par la police le lendemain rue Édouard-Vaillant vide de tout occupant. Abdelhamid Abaaoud et Chakib Akrouh, eux, se sont engouffrés dans une rame en direction du métro Nation. Par la suite, ils rejoindront Aubervilliers. De là, un VTC les conduira à Saint-Denis rue du Corbillon dans un appartement loué à Jawad Bendaoud.

À 21 h 40, un terroriste actionne un engin explosif improvisé, c'est-à-dire un gilet rempli de poudre et de projectiles, au Comptoir Voltaire, une brasserie située 253, boulevard Voltaire. Le troisième kamikaze du commando des terrasses, Brahim Abdeslam, vêtu d'un jean bleu et d'un blouson noir, après un court repérage des lieux, lui, pousse la porte du Comptoir Voltaire. Il échange quelques mots avec la serveuse et observe l'intérieur de l'établissement. Il s'installe dans la partie visiblement la plus remplie de la véranda couverte et se fait exploser, après avoir porté sa main gauche vers son col.

Les constatations de la police établiront plus tard qu'il portait une ceinture explosive dont seule la partie dorsale avait fonctionné. Les vitres de la terrasse étaient criblées de 58 impacts et plus de 120 écrous étaient retrouvés à l'intérieur du bar. Cet attentat ne fait aucun mort, à part le kamikaze, mais une nouvelle fois de nombreux blessés, près d'une quinzaine dont trois en urgence absolue, sont à déplorer.

Les effectifs de la BAC de nuit du Val-de-Marne parviennent devant l'établissement quelques instants après l'explosion et alertent les secours après avoir recensé les victimes.

Toni : « On est place de la Nation. On a les vitres ouvertes, on entend une explosion et on voit, au loin sur le boulevard Voltaire, une situation anormale. Un nuage de fumée s'étend sur la chaussée. On s'engage sur le boulevard à hauteur du bar Le Comptoir Voltaire. Je vois des gens blessés à l'extérieur.

« Je dis à mon collègue Olivier, à qui je tends le fusil à pompe, d'assurer notre protection. J'entre par la terrasse couverte, arme à la main. Je vois un homme et une femme au sol inconscients. Au fond de la terrasse, je vois quelqu'un de dos, à califourchon sur un homme en train de lui pratiquer un massage cardiaque. Je voyais les pieds de la victime mais pas sa tête ni le tronc, masqués par le sauveteur. Bien plus tard dans la nuit, j'ai appris que l'homme sur qui était pratiqué un massage cardiaque était en fait le terroriste kamikaze qui s'était fait sauter avec une ceinture explosive. Je ressors de la terrasse couverte, je passe un message radio pour demander des secours, en raison des blessés. Un témoin me décrit la situation : un gars est entré sur la terrasse et il y a eu une explosion. Sans plus de détails. J'avais vu de nombreux impacts sur les murs, dans un premier temps, j'ai pensé qu'une bombe artisanale avait été jetée sur la terrasse couverte, des vis et des boulons jonchaient le sol. Un médecin et un gars de la Croix-Rouge se présentent spontanément sur place. Les pompiers arrivent avec un véhicule sanitaire. Ils s'activent en terrasse pour soigner les blessés. Un commissaire de police arrive sur place avec deux collègues parisiens qui se sont présentés à moi comme étant du 15e arrondissement. »

Après l'attaque au Comptoir Voltaire, les policiers primo-intervenants sont arrivés sur une scène de « grand désordre » et d'« horreur » ainsi que la décriront plusieurs agents. Comme Jérôme, 37 ans en 2015, de la BAC de Vincennes, au volant de son véhicule. Il s'arrête boulevard Voltaire tout près du lieu de l'explosion : « On était vraiment très peu de policiers. On avait croisé une patrouille Sentinelle quelques minutes auparavant sur le boulevard, elle n'était au courant de rien. » Il va faire une terrible découverte : « Ma collègue m'annonce que l'explosion est due à un kamikaze qui vient de se faire exploser. Il est encore là et gît au sol, sa ceinture toujours pendante. On appelle le déminage. Rien ne dit qu'elle n'est pas encore en état de fonctionner même le terroriste mort. »

Ils sont les seuls effectifs de police sur place, et leur priorité a été d'établir un périmètre de sécurité afin de repousser les nombreux curieux et laisser travailler librement les équipes de secours médicales.

Étrangement, même les témoins oculaires n'arrivent pas à expliquer clairement le déroulement des faits : en fait, personne ne réalise qu'une bombe humaine vient de se faire exploser. C'est au cours des premières constatations faites par la police que tout va s'éclairer. Les causes de l'explosion vont enfin apparaître : un gardien de la paix a été alerté par un pompier concernant des fils « dépassant » de l'individu décédé.

« Nous avons examiné le corps avec toutes les précautions et nous avons découvert la présence de différents objets constituant un engin explosif; à savoir un “plastron” de pâte blanche entouré d'un contenant plastifié de couleur verte duquel deux fils partaient, l'un de couleur rouge, le second de couleur noire. Ces deux fils étaient reliés à une pile carrée et un bouton-poussoir s'apparentant à un détonateur », écrira un gardien de la paix primo-intervenant à sa hiérarchie.

Cette alerte transmise par un gardien de la paix a été déterminante pour la suite de l'opération. Face à l'urgence et au grand danger que représentait ce dispositif de mise à feu, les policiers ont immédiatement fait évacuer l'établissement et élargi le périmètre de sécurité. Les équipes de déminage ont dès lors pris le relais et procédé à l'analyse de l'engin explosif. Les résultats indiquent que l'engin était « actif et très dangereux dans la configuration actuelle », précisant qu'il s'agissait de « TATP », un « explosif artisanal primaire et puissant ».

À la suite de ces conclusions, les démineurs ont confié aux policiers la surveillance de la bombe, le temps d'aller chercher un produit spécifique permettant de « neutraliser et transporter l'engin explosif en toute sécurité ».

« Les démineurs nous ont dit qu'on avait eu de la chance, le reste du gilet aurait pu péter à tout moment, c'est un explosif très instable, le TATP.

Avec le recul, on se dit qu'on aurait dû faire évacuer la brasserie sans attendre mais on aurait empêché les secours de travailler : il y avait près d'une quinzaine de blessés à prendre en charge. Et puis avec le message sur les ondes police qui évoquait le périple des terroristes qui continuaient à rouler, on s'attendait à ce qu'ils reviennent. J'étais en hypervigilance, tout me paraissait bizarre : j'avais mon arme à la main et braquais quiconque approchait, j'avais repéré un fourgon stationné à proximité, j'avais regardé à travers ses fenêtres, il était rempli de cartons, mais il n'était pas signalé volé. J'ai quand même pensé à des explosifs.

« Je craignais vraiment une nouvelle attaque, c'était ma plus grosse inquiétude. Je n'ai plus jamais ressenti une telle tension dans mon travail.

« Enfin les démineurs sont repartis avec ce qui restait de la ceinture explo qu'ils avaient plongée dans un récipient rempli de gazole afin de neutraliser le TATP. On a quitté le secteur aux alentours de 3 heures du matin. »

Les policiers primo-intervenants sur les terrasses avaient bien raison de craindre particulièrement ces terroristes, lesquels en plus de leurs armes de guerre étaient de véritables bombes humaines. On mesure alors les risques pris par ceux qui n'ont pas hésité à neutraliser en pleine nuit un individu refusant d'obtempérer alors que des fils pendaient sous sa veste.

Si ce dernier ne faisait pas partie du commando, en revanche, chaque djihadiste portait une ceinture explosive. Outre les kamikazes du Stade de France et le trio du Bataclan, on en retrouvera une autre sur Chakib Akrouh, troisième du trio des terrasses et *alter ego* d'Abaaoud, planqué à Saint-Denis avec lui. Ces deux derniers terroristes seront tués lors de l'assaut donné par le RAID, cinq jours après les attentats.

Isabelle : « J'étais positionnée angle rue de Charonne/rue Faidherbe, tout à coup un fourgon noir arrive vers nous à toute allure. Mes collègues et moi le mettons immédiatement en joue, prêts à faire feu ! Le fourgon freine à notre hauteur et nous hurle "qu'est-ce qui s'est passé ?". Je le regarde perplexe et vois des hommes tout en noirs cagoulés. Je comprends qu'il s'agit du RAID et je me dis qu'ils sont complètement fous ! Nous étions à deux doigts d'ouvrir le feu ! Je leur réponds encore sous le choc "ils sont morts, ils sont tous morts !". Le RAID : "Qui est mort ?" Moi : "Les gens, les gens ils sont morts !" Le RAID : "Et les terroristes ils sont où ?" Moi : "D'après les ondes radio, il y aurait une attaque en cours au Bataclan !" »

Florian : « Et puis, l'annonce qui fait basculer la soirée dans une nouvelle dimension d'effroi : la radio nous informe d'une fusillade en cours au Bataclan, à quelques rues de nous, des tirs à l'arme de guerre qui résonnent comme un écho funèbre. Nous comprenons alors qu'il ne s'agit pas d'un acte isolé, mais d'une attaque coordonnée, d'une vague de violence qui submerge la ville. Le stress se lit dans les yeux de mes collègues, une lueur de peur et de détermination mêlées. Nous sommes sur une scène de guerre, au cœur d'un cauchemar éveillé. »

Pierre : « On a commencé à entendre beaucoup de messages radio qui annonçaient des coups de feu à d'autres endroits dans Paris, au Bataclan. Les collègues qui annonçaient ces messages avaient l'air paniqués. À cet instant j'ai compris qu'on avait affaire à un attentat islamiste. J'ai commencé à avoir peur pour ma vie. J'ai eu la hantise de me faire "rafaler".

« Je me disais que les terroristes pouvaient revenir sur notre secteur d'un instant à l'autre. Avec tous les policiers désormais en état d'alerte, les terroristes ne pouvaient pas continuer leur carnage à l'autre bout de Paris. Tôt ou tard, ils reviendraient et nous serions leur prochaine cible.

Nous avons l'honneur de vous rendre compte...

« Dans cette confusion qui régnait sur place, submergés par tant de blessés, on ne pourrait rien faire pour leur échapper. Qui plus est, en ce qui me concerne, je n'avais ni gilet pare-balles lourd ni pistolet-mitrailleur.

« La radio continuait d'émettre des messages confus et paniqués. J'avais le sentiment que nous policiers étions complètement dépassés ce soir-là. On suivait les alertes sur les ondes et surtout les messages qui annoncent l'attaque du Bataclan. »

Le Bataclan

13 novembre, 20 h 25. Les trois terroristes nés en France Samy Amimour, Foued Mohamed Aggad et Ismael Omar Mostefaï quittent un appartement loué la veille à Alfortville, lourdement armés. Ils sont à bord d'une Polo noire. Partis en Syrie rejoindre Daech, ils étaient revenus en Europe deux mois auparavant.

Pour Julie et ses collègues du commissariat du 1er arrondissement, la journée du vendredi 13 novembre 2015 s'annonce sous les meilleurs auspices. « Un vendredi 13 ! C'est peut-être notre jour de chance. Et on décide de jouer au Loto, je fais valider la grille. »

Puis, repartie en mission de sécurisation, Julie a comme un doute : son binôme est un jeune policier sans expérience qui lui confie ne pas être très à l'aise en intervention. « Je me suis dit : "J'espère qu'il ne va rien nous arriver de grave." Dans le véhicule, on a deux gilets pare-balles lourds et chacun son arme de service. » L'ambiance peut être aussi à la franche rigolade, comme avec Julien : « Il y avait un collègue au sein de ma compagnie, la Bravo, qu'on surnommait "le chat noir" parce qu'il avait toujours la poisse. Au boulot comme dans la vie, il lui arrivait toujours des choses improbables. Il attirait la malchance. Ce jour-là, il était présent et lorsque je l'ai vu arriver j'ai lâché à la cantonade "le chat noir est là, si aujourd'hui il n'y a pas dix morts, je change de boulot". Si j'avais su... » Pour Erwan, brigadier à la BAC de Saint-Maur, la journée sur cette commune de 80 000 habitants est « assez tranquille ». Il se dit tout de même d'un vendredi 13, « on va bien tomber sur une merde », bien que pas particulièrement superstitieux. Après une pause-dîner, il reprend sa patrouille avec des collègues. Ils sont équipés d'un gilet lourd par personne et d'un pistolet-mitrailleur pour trois. Igor, lui, gardien de la paix dans les 5e et 6e arrondissements, regarde le match France-Allemagne au service, après avoir sécurisé les abords des bars alentour. Ce soir-là, en effet, la rencontre amicale de football se déroule au Stade de France en présence de François Hollande, président de la République. Igor fait équipe avec deux collègues dont l'un est équipé d'un pistolet-mitrailleur, il est par ailleurs seul habilité à s'en servir.

Pour Stéphanie, membre de la police secours du 12e arrondissement, à l'inverse, la journée est marquée par la menace terroriste, avec une alerte à la bombe signalée à la gare de Lyon. « Comme on avait quatre gilets lourds pour nous quatre, notre mission consiste à apporter deux gilets pare-balles lourds aux effectifs présents, qui manquent alors de matériel. Un colis suspect est finalement détecté puis géré par le service de déminage, explique-t-elle. À l'issue de cette intervention, nous poursuivons notre vacation avec deux gilets lourds pour quatre policiers ; par la suite, notre charge de travail ne nous a pas permis de récupérer nos deux autres gilets restés aux mains des collègues en intervention gare de Lyon. Nous nous rendons dans le 20e arrondissement pour dîner à la cafétéria du commissariat. J'étais perdue dans mes pensées : j'avais du vague à l'âme, trois jours auparavant, mon yorkshire de 14 ans, auquel j'étais très attachée, a été euthanasié. Une profonde tristesse m'habitait. » Isabelle, stagiaire, affectée à la police secours du 11e arrondissement, a un mauvais pressentiment.

« J'étais en route vers le commissariat. Quelques minutes auparavant, je manquais de peu de finir dans un fossé à cause d'un fou du volant, je me souviens avoir dit "je ne sais pas pourquoi mais je ne la sens pas cette journée, tu vas voir qu'il va se passer quelque chose au boulot". Il faut dire que j'ai commencé dans la police le 7 janvier 2015, date de l'attentat contre la rédaction de *Charlie Hebdo*, située dans le 11e. C'était mon premier jour de service. »

Des missions de routine parsèment les journées de Guillaume, Tony et Raphaël. Le premier fait son dernier jour de stage à la BAC. La journée, il patrouille à pied avec des collègues, faute de véhicule disponible, interpelle un individu pour escroquerie, le ramène au poste puis ressort à bord d'un véhicule pour une nouvelle patrouille anticriminalité. Tony a également patrouillé à pied. De retour au poste, situé porte Lescot, il attend le week-end « avec impatience » ; lui et ses collègues écoutent les ondes radio-police, tournent de fréquence en fréquence. Il est seulement équipé de son arme de service, sans gilet pare-balles lourd et véhicule de disponibles. Raphaël, lui, est en mission de prévention contre les vols à main armée, en recrudescence à l'approche des fêtes de Noël selon lui. « Aux alentours de 20 heures, 20 h 30, on intervient sur une rixe entre

SDF du côté de la tour Saint-Jacques. On tourne sur les 1er, 3e et 4e arrondissements. »

*

L'attaque du Bataclan débute à 21 h 47. Les tirs de kalachnikovs sont très nourris au début puis se font plus sporadiques. Les terroristes visent des spectateurs coincés dans la fosse et ceux qui tentent de prendre la fuite ; à l'étage, ils tirent également au travers des fenêtres et visent cette fois-ci des riverains, des passants, des pompiers. Au rez-de-chaussée, l'un des djihadistes cible des spectateurs en fuite et des policiers qui se trouvent dans le passage Amelot ou tout près sur le boulevard Voltaire, à l'intersection avec le passage. Si cette action semble désordonnée, en réalité il n'en est rien. Jusqu'à trois jours avant leur assaut sanguinaire, les trois kamikazes bûchaient encore les plans du Bataclan. Les enquêteurs spécialisés ont pu retrouver la trace de leurs analyses sur les ordinateurs saisis en perquisition.

*

Alertés, de nombreux policiers convergent vers les lieux. Certains savaient déjà pour les attaques en cours sur les terrasses parisiennes.

Zouhir, gardien de la paix, BAC Paris 17e, 40 ans :

« Nous disposons de trois fréquences radio : TN17 radio du 17e arrondissement, TN81 district (qui couvre huit arrondissements) et TNZ1, la centrale qui couvre l'ensemble de la capitale qui prend la main sur les ondes pour lancer un appel général à toutes les patrouilles.

« Sur les ondes, des collègues relaient les "infos" de requérants, qui appellent le 17 police secours, quant à la présence réelle ou fantasmée des terroristes, ici ou là. C'est là qu'une des fréquences se met à annoncer des coups de feu au Bataclan.

« La magistrate que j'escorte depuis les attaques des terrasses doit s'y rendre pour rejoindre le procureur François Molins. On quitte la rue Alibert, Paris 10e, pour le Bataclan. En route, on récupère une autre magistrate, qu'on équipe d'un gilet lourd. François Molins, le préfet de police, le patron de la DSPAP et celui de la DTSP75 ont installé leur QG à trente mètres du Bataclan, à l'angle de la rue Oberkampf et du boulevard Voltaire. La maire de Paris Anne Hidalgo arrive un peu plus tard. »

Lucie, gardien de la paix, police secours, Paris 3e, 28 ans :

« En toute fin de service – ma vacation se terminait à 22 h 30 – on est appelés sur un accident de circulation du côté du boulevard Filles-du-Calvaire, Paris 11e. Sur place, ma radio ne fonctionne pas, c'est ma première affectation, je viens de sortir de l'école. On formait un équipage à trois. Dix minutes plus tard, une voiture fonce dans notre direction, vitres teintées, j'ai pris peur. Le conducteur nous lance : "Ça a pété devant le Bataclan, il y a des morts, des blessés." Ma collègue passe un message à la radio pour alerter notre hiérarchie : "Fusillade au Bataclan, on y va." On est trois dont deux femmes. Notre chef nous demande si nous avons nos gilets pare-balles avec nous. Elle nous interroge : "Est-ce que vous êtes prêts à intervenir ?" On lui répond affirmatif. »

Émilie : sous-brigadier, police secours, Paris 3e, 30 ans :

« Quelqu'un vient à la rencontre de nos collègues d'un autre équipage du 3e, il se présente comme un agent de sécurité du Bataclan. Nous on roulait en direction des terrasses. Mais quand on entend nos collègues lancer un appel radio, on se détourne pour rejoindre le Bataclan. On s'y rend à trois Guillaume, Baptiste et moi. »

Julie, gardien de la paix, police secours, Paris 1er, 28 ans :

« C'était quasiment l'heure de la fin de ma vacation, je terminais mon service à 22 h 30. Mon binôme écoutait la radio de son arrondissement. C'est à ce moment-là que nous avons entendu nos collègues de la police secours du 3e qui disaient être en train de se faire tirer dessus à hauteur du Bataclan. J'ai remis mes gants tout en courant vers notre véhicule. J'ai actionné le gyrophare et le deux-tons de notre voiture et me suis dirigée vers le Bataclan. »

Erwan, brigadier, BAC Saint-Maur, 39 ans :

« On quitte la porte de Vincennes pour le Bataclan. De nombreux messages radio annonçaient d'autres tirs ailleurs dans Paris. J'ai commencé à penser à des actes terroristes. Je travaillais les jours de l'attaque à *Charlie Hebdo*, le 7 janvier 2015 et à l'Hyper Casher, j'y ai donc naturellement pensé. On ne parlait pas trop dans la voiture, on écoutait surtout les ondes. »

Toni, brigadier-chef, BAC 94N, 40 ans :

« J'ai vu un autre équipage de mon service passer au gyro deux tons, en direction du Bataclan, il s'était annoncé sur les ondes police.

« L'équipage évoquait de nombreux tirs dans le Bataclan, des blessés à l'extérieur et demandait du renfort. Le commissaire qui nous avait rejoints sur la scène d'attentat du Comptoir Voltaire m'a dit "allez-y, partez en renfort au Bataclan". Je rejoins mes coéquipiers, je reprends le fusil à pompe en main et on file au Bataclan. »

Stéphanie, police secours, Paris 12e, 30 ans :

« Nous nous dirigeons en renfort vers la rue de Charonne. En chemin, vers 21 h 45, alors que nous arrivons sur le boulevard Voltaire, Angélique, chef de bord, fait stopper le véhicule soudainement au milieu de la route. Elle nous donne pour instruction de mettre pied à terre pour assister et secourir. Là, c'est totalement irréel. Il y a une ruelle face à moi avec de nombreux corps au sol, inertes, ainsi qu'un homme vêtu de noir debout. Il y a aussi des corps gisant de part et d'autre du boulevard. À cet instant même, un silence anormal règne dans la rue. Paris est habituellement animé et bruyant le vendredi soir. En fait, la ruelle où j'atterris, c'est le passage Amelot et je suis, en fait, devant le Bataclan. Le temps d'analyser tout cela, je perds de vue mes deux coéquipières. »

Julie, gardien de la paix, police secours, Paris 1er, 28 ans :

« Je roulais à vive allure pour rejoindre le Bataclan. À la radio (police) on entendait des coups de feu, c'était stressant. Nous sommes arrivés boulevard Voltaire et nous avons stoppé notre progression à l'angle de la rue de Crussol. Sans dire un mot nous nous sommes tous équipés de nos gilets pare-balles lourds. Nous avons tous pris notre arme de service à la main, un Sig Sauer Spécial Police 2022 de calibre 9 mm d'une capacité de tir de 30 cartouches réparties dans deux chargeurs de 15. Lorsque nous sommes en service, une cartouche est déjà engagée, ainsi l'arme est immédiatement opérationnelle pour effectuer un tir de riposte si nécessaire. »

Émilie, sous-brigadier, police secours, Paris 3e, 30 ans :

« La police secours est tankée devant une entrée du Bataclan. On ne connaissait pas exactement les lieux. C'était à peine éclairé. Ma radio ne marche pas, un problème de batterie récurrent sur ce modèle : on essaie de comprendre, nos seules infos proviennent de l'agent de sécurité du Bataclan, on n'a aucune info de la PP. On croise des gens qui hurlent, personne ne comprend ce qui se passe. On entend les tirs de kalach. Police secours et nous, ça fait en tout et pour tout 6 policiers dont 2 stagiaires contre des terroristes équipés d'armes de guerre. »

Isabelle, gardien de la paix, Paris 11e, 28 ans :

« Nous remontons la rue Oberkampf jusqu'au boulevard Voltaire. Le Bataclan se trouve à soixante mètres. Nous sortons nos armes et remontons le boulevard, plaqués le long du mur pour éviter de devenir des cibles depuis les fenêtres. Nous avançons doucement, mes mains tremblent, je serre mon arme de plus en plus fort pour éviter qu'elle ne tombe. Nous approchons et les premiers corps apparaissent allongés sur le trottoir, ceux-là mêmes qui ont tenté de fuir quelques instants plus tôt, en vain. »

Toni, brigadier-chef, BAC 94 N, 40 ans :

« On arrive par le boulevard Voltaire. On se gare à vingt mètres du Bataclan à l'intersection Voltaire/ passage Amelot. Je vois la Polo signalée immatriculée en Belgique, vide de tout occupant. On met pied à terre, on s'équipe des casques. Je dis à mes collègues : "Nous, notre job c'est que personne ne monte dans cette Polo, il ne faut pas qu'elle reparte." »

*

Sur place règnent la confusion et le chaos. Les victimes fuient le Bataclan. « Ils nous tombaient dessus. Les gens tombaient à nos pieds comme des mouches. L'un d'entre eux m'attrape la jambe. "Je ne veux pas mourir ici." Un gars s'accroche à ma ceinture, un autre à ma poche », se rappelle Julie. Elle témoigne de la difficulté à faire face à la multitude de blessés. « On essayait de progresser mais happés par les victimes. Il y a ce flot continu de personnes, des gens rampent, on entend toujours des rafales, on ne peut pas progresser sans être arrêtés. On ne savait pas du tout quoi faire. On a commencé à faire du tri. » Guillaume, 28 ans et gardien de la paix rattaché à la BAC du 12e, témoigne également :

« Beaucoup de gens affluent vers notre position. Des blessés. Une femme avec une balle dans le pied. Des badauds apeurés. Un riverain nous dit avoir vu un homme suspect entrer dans l'immeuble à vingt mètres. Une femme vient me voir et me dit que sa fille est dans la salle du Bataclan. Ça courait, ça criait, ça pleurait. Des valides, des blessés fuyaient les lieux. Il y avait une foule de victimes, de badauds, de proches de ceux encore à l'intérieur. Je voyais la détresse et l'inquiétude des parents lorsque, désespérés, ils s'adressaient à nous inquiets pour leur fils ou fille qu'ils n'arrivaient pas à joindre. Ça me prenait aux tripes. »

Les policiers sont immédiatement confrontés à la mort. C'est par exemple ce qui arrive à Lucie : « On arrive non loin du Bataclan : c'est calme. Puis mon collègue lève la tête et aperçoit des corps. Notre chef décrit la scène à la radio. D'un coup, un gars sort du Bataclan et nous demande de l'aide, il m'attrape : "Venez vite ma fille est blessée, venez il faut la sortir", me dit-il. On s'approche, on voit un terroriste sur la scène du Bataclan en train de rafaler tout le monde. On était abasourdis. On ne pouvait plus bouger. Un collègue nous a secoués. Je voulais à tout prix un gilet lourd, je n'ai pas trouvé. On s'est mis à courir. On s'est dit "on va se faire buter". J'ai pensé fort à mon collègue Ahmed Merabet tué comme ça à quelques mètres de là, le 7 janvier 2015, par les frères Kouachi qui venaient de faire un carnage à *Charlie Hebdo*. On a demandé des renforts. »

Isabelle fait face à une victime en état de choc, un homme lui tend le cerveau de l'une des personnes mortes dans la salle. « "Madame, madame, j'ai entendu une femme crier dans le Bataclan, j'ai tiré pour l'aider à sortir, j'ai sa cervelle dans mes mains, que dois-je faire ?" Je ne veux pas regarder ce qu'il tient au creux de ses mains, mais mes yeux se baissent et je découvre cette cervelle qu'il a délicatement déposée dans une serviette en papier rouge comme pour la protéger en attendant le retour de sa propriétaire. Mes jambes tremblent, je manque de tomber, mon souffle est court, mon Dieu, où suis-je ? Que dois-je répondre à ce monsieur qui lui-même est en état de choc ? Il ne sait pas ce qu'il fait, ni ce qu'il dit. J'ai l'impression qu'il me tend un portefeuille découvert sur un trottoir. Je tente de lui dire que ce n'est plus la peine de la garder, qu'il peut la jeter. Tout cela est surréaliste. Je tente de reprendre mon chemin, les jambes encore flageolantes, et je raconte ce moment à mon collègue comme pour lui demander si ce moment est réel. Complètement sonnée par ce premier contact avec le Bataclan, je poursuis ma route. J'aperçois un collègue de la BRI et je lui remets mon témoin qui communique avec son fils caché dans le Bataclan. Nous lui souhaitons bon courage pour lui et son fils avant de faire demi-tour. » Lorsqu'il arrive sur le secteur, un homme était venu à sa rencontre, un père de famille. Son fils est retenu en otage dans les loges du Bataclan mais réussit à lui envoyer des messages de temps à autre. Il peut se révéler une très bonne source d'information pour les officiers de la BRI – combien sont les terroristes ? y a-t-il encore beaucoup d'otages ? où sont-ils cachés ? –, qui préparent leur intervention. Isabelle le guide jusqu'à leur poste de sécurité, situé non loin de là. Tony a le même réflexe. « Une fille se présente à moi. Son père est dans les combles du Bataclan et peut nous aider à avoir des infos de l'intérieur. Je tente de joindre la salle de commandement, je n'arrive à joindre personne. La station émettrice a la priorité sur nous, c'était difficile d'en placer une. Ça dure pendant une heure. Entre-temps la BRI est activée sur zone et quand ils installent leur QG, on me demande de lui ramener mon témoin, une heure s'était écoulée. Le commandement avait envoyé la BRI sur un immeuble présumé occupé par des terros, c'était une fausse alerte. Elle a perdu du temps pour nous rejoindre. Puis, des collègues sont entrés dans le Bataclan évacuer des blessés, des corps. »

*

Avec leurs armes de service, les policiers ne peuvent faire face aux terroristes. Ils épaulent alors les équipes de secours et les pompiers, et aident à l'évacuation des blessés. Leurs actions se heurtent néanmoins au manque de personnel soignant – beaucoup d'ambulances ont déjà été appelées sur les autres lieux des attaques terroristes – et d'équipement médical.

Isabelle, gardien de la paix, Paris 11e, 28 ans :

« "S'il vous plaît, aidez-nous ! Il y a trop de victimes, on ne peut pas toutes les sortir !" me lance un pompier. Je me retourne alors vers mes collègues, et en une fraction de seconde, nous acquiesçons à sa demande. Aurions-nous dû réfléchir plus longuement ? Je venais de dire à ma famille au téléphone que tout allait bien et là je me retrouve propulsée au cœur des attentats. À l'intérieur du Bataclan ! »

Igor, gardien de la paix, GSQ, Paris 5-6, 41 ans :

« On sort tous les trois de la voiture, j'entends des coups de feu nourris. Des bruits de rafales très secs, qui glacent le sang, semblables à des tirs par des armes de guerre, et j'entends aussi des bruits de tirs beaucoup plus sourds, pas en rafale, semblables à celui d'un fusil à pompe qu'on utilise en brigade anticriminalité. On se regarde, je suis en mode "On y va", mes collègues me disent que ça craint, mais on a tous les trois conscience qu'il y a sans doute des blessés à sauver. On décide de progresser vers le Bataclan.

« On passe devant le car de police vide d'Angélique chef de bord et Stéphanie du 12ᵉ.

« Après avoir déjà fait plusieurs allers-retours entre le Bataclan et la rue Oberkampf avec chaque fois un blessé, un pompier nous dit : "On va mettre dans un hall ceux qui vont mourir et ceux qu'on va tenter de sauver dans un autre." Il m'a désigné le hall 1 et le hall 2, où des postes médicaux improvisés avaient été installés.

« Pour ceux qui ne sont ni pompiers ni policiers c'est peut-être dur à comprendre mais pour moi, qui ai connu les deux professions, c'était pragmatique compte tenu du nombre important de blessés auquel on était confrontés.

« Je me suis dit "on est en guerre on est attaqués". Durant un instant, je me suis vu revivre la scène du RER Saint-Michel en 1995 (attentat revendiqué par le groupe islamique armé [GIA], en guerre contre le gouvernement algérien ; le bilan fait état de 8 morts et 200 blessés dont 25 graves, N.d.A.). J'ai fait mon service militaire chez les pompiers de Paris, j'étais affecté à la caserne Champerret dans le 17e lorsqu'il y a eu l'attentat du RER Saint-Michel le 25 juillet 1995, sur lequel j'ai été amené à intervenir. C'était l'apocalypse quand je suis descendu dans la station de RER. Je voyais beaucoup de gens complètement amorphes, hagards, touchés uniquement par le blast de l'explosion pour les plus chanceux. J'apercevais des corps mutilés, des morts. »

Julie, gardien de la paix, police secours, Paris 1er, 28 ans :

« Beaucoup de spectateurs du concert ont commencé à sortir du Bataclan en criant et en courant pour ceux qui le pouvaient, certains étaient blessés. Immédiatement, afin de les mettre à l'abri, j'ai pris l'initiative de faire entrer les victimes dans la cour d'un immeuble de la rue Oberkampf.

« Je me souviens avoir vu les collègues de la BAC arriver à leur tour ainsi que des secouristes de la sécurité civile qui ont mis en place un deuxième point d'accueil des blessés.

« Instinctivement je me suis mise à faire l'aiguillage des blessés : ceux en urgence absolue vers la cour de l'immeuble, ceux en urgence relative dans un café au numéro 18 je crois, et ceux simplement en état de choc dans un autre bar en face.

« Beaucoup de policiers commençaient à arriver sur les lieux ; je les orientais aussi.

« J'avais déjà coupé ma radio depuis quelque temps, car les ondes étaient tellement encombrées que je ne pouvais passer aucun message.

« Il commençait à y avoir des morts, j'avais déjà recouvert d'une bâche deux personnes décédées. Vu le nombre croissant de blessés graves je me suis dit qu'on allait manquer de bâches. On entendait toujours des coups de feu.

« Beaucoup de collègues faisaient des allers-retours entre le Bataclan et ma position pour ramener des blessés. Je voyais mes collègues avec les mains recouvertes de sang.

« Je me souviens d'un homme qui est resté à mes côtés jusqu'après l'intervention de la BRI. Je lui avais demandé de partir mais il m'a dit que sa femme était dans le Bataclan et qu'il l'attendait. Il voulait aussi prévenir la nounou qu'ils auraient du retard ; je lui ai prêté mon téléphone. Puis il est resté à côté de moi, sans un mot. Il avait comme l'air rassuré par ma présence.

« Il a quitté les lieux après l'arrivée du président de la République. Je ne sais même pas s'il a retrouvé sa femme.

« Un commissaire de police que je ne connaissais pas s'est adressé à nous et nous a dit être fier de nous, que nous faisions du bon boulot. Ça m'a fait chaud au cœur.

« Durant tout le temps de mon intervention sur place et jusqu'à ce que la BRI neutralise les assassins, je me suis sentie en danger mais je me disais “je suis policière, faut y aller, faut tenir”. J'étais célibataire sans enfants et sur le moment ma propre personne ne comptait pas, je voulais juste aider les gens, remplir ma mission de service public, rien d'autre. »

Émilie, sous-brigadier, police secours Paris 3e, 30 ans :

« Comme nous sommes à découvert sur le trottoir de la rue Oberkampf et que le flux de survivants est constant, nous faisons entrer les rescapés au 26, rue Oberkampf. Je demande aux victimes de se regrouper, les blessés par balle sur le trottoir de gauche et les moins blessés à droite. »

Lucie, gardien de la paix, police secours, Paris 3e, 28 ans :

« On a appelé des ambulances mais elles sont déjà prises sur la rue Bichat, 10e arrondissement, et au Stade de France. On en croisait aussi : on tentait d'en réquisitionner mais soit elles étaient déjà prises sur une mission soit elles ne détenaient aucun matériel médical intéressant. On gère les blessés.

« Mais en même temps, je dois effectuer mon travail de policier *stricto sensu* dans cette tension infernale : je relève des indices, les plaques d'immatriculation pour les passer au fichier. Chacun d'entre nous s'exécute tout en ayant un œil, une oreille sur les victimes et les tirs.

« Puis notre commissaire, Dimitri, vient chercher les blessés avec nous. Ça nous remotive de voir une autorité à nos côtés. Il a été formidable de bout en bout.

« Le 13 novembre : ça a duré comme ça toute la nuit. J'ai envoyé un SMS à ma sœur et ma mère.

« Au fur et à mesure de la soirée, l'angoisse monte, je vois les chaînes d'infos en continu qui contribuent à rendre la situation encore plus anxiogène. Je pense à ma famille qui doit être en stress. Il faut que je récupère mon portable. J'avais laissé la portière ouverte. J'ai rassuré ma famille. Mon frère policier aussi à la PP me disait "rentre, ne reste pas là". Je n'ai pas obtempéré.

« C'était la nuit de toutes les rumeurs : on nous désignait un blessé avec une ceinture explosive cachée sous son blouson. Il n'a jamais existé mais à chaque blessé on faisait lever les tee-shirts et les mains. »

Émilie, sous-brigadier, police secours, Paris 3e, 30 ans :

« Les cinq premiers blessés par balle me regardent, dans un silence et un calme absolus. Avec les moyens du bord et mon expérience personnelle, je commence à réaliser des points de compression sur les plaies les plus graves. Je vois que le vêtement donné à un survivant pour compresser sa blessure devient rapidement obsolète et inutile, je décide de lui faire un garrot pour tenter d'arrêter l'hémorragie.

« Pendant ce temps, mes collègues de l'autre équipage continuent de nous ramener des victimes. J'indique à son chef de bord, celle qui avait été en contact avec le vigile du Bataclan, que nous avons besoin de renforts et de secours en nombre, compte tenu du flux de blessés et de la gravité de leurs blessures. Elle réitère par radio notre demande à notre station directrice, en précisant l'adresse de notre centre de secours improvisé. Ça doit être son 10e appel “au secours” et toujours rien.

« Je retourne dans le hall, j'informe les blessés présents que les secours sont en route. Ce n'est qu'un demi-mensonge. Les secours sont en effet prévenus, il est certain qu'ils vont venir. Mais dans combien de temps ? Ce soir-là, il n'y a que des urgences sur un bien trop large périmètre.

« Ils doivent rester calmes : ils sont pris en charge, ils sont en "sécurité" si on peut dire. Je me dirige ensuite vers les personnes qui perdent beaucoup de sang.

« Je remarque un groupe de rescapés sortis indemnes de la salle du Bataclan à l'entrée du hall, qui gênent le passage de mes collègues portant des blessés. Leur nombre ne cesse d'augmenter, ils hurlent, ils se transmettent ainsi angoisse et stress. À nous tous aussi.

« Avec le gardien de la paix Julie, je demande au gérant du restaurant voisin de nous laisser utiliser son établissement pour accueillir ces personnes. Julie se charge de trier les blessés et de les diriger vers le restaurant. Des personnes indemnes font la navette.

« Je ne vois toujours pas arriver de véhicules de secours, je sors sur le trottoir pour relancer la collègue chef de bord pour un nouvel appel radio. Mon Dieu que le temps est long !

« Nous voyons alors arriver un homme mal en point qui en soutient un autre, grièvement blessé.

Son visage est arraché, défiguré. Deux gardiens de la paix portent le plus amoché par les épaules, tandis que je le tiens par les pieds. À la vue de cette personne gravement blessée, la collègue chef de bord réitère sa demande urgente de secours sur les ondes radio.

« Nous transportons la victime à l'intérieur du 26, rue Oberkampf. Je constate l'étendue de ses blessures. Il lui manque une partie de la mâchoire inférieure et du nez. Elle saigne abondamment. C'est un homme d'une trentaine d'années, brun avec une barbe de quelques jours.

« Ne pouvant pas effectuer de point de compression, je demande à son accompagnateur de "fortune" de lui surélever la tête. Il s'assoit en tailleur derrière sa tête et la surélève avec douceur et bienveillance. Rapidement, après avoir tenté de me parler, l'homme devient très agité, agitant les bras autour de lui. N'arrivant pas à le calmer, et désemparée face à ses blessures, je tente de le contenir au maximum. Une troisième personne non blessée nous vient en aide. Elle lui tient les pieds, dans le but de maintenir sa tête au-dessus de ses organes vitaux.

« Au même moment, mes collègues m'amènent une autre personne grièvement blessée au thorax, et la placent à côté de la première. Je suis déjà au chevet d'un autre blessé grièvement. Au blessé au thorax, je demande de me parler sans s'arrêter.

« Le jeune homme grièvement blessé tombe soudain en arrêt cardio-respiratoire. Je pratique un massage cardiaque pour essayer de le réanimer. Les blessés présents m'indiquent alors que la seconde personne à la mâchoire brisée s'est effondrée au sol. Tout en continuant mon massage cardiaque, je tourne la tête et constate qu'elle ne semble plus respirer.

« Face à la gravité des blessures, je prends la décision d'arrêter le premier massage cardiaque pour en commencer un sur le second. Les blessés me regardent, stoïques, tenant toujours les blessures des uns et des autres. Un homme se présente alors à moi, se disant habitant du quartier et médecin de profession.

« Soulagé, il me demande où il peut être utile. Je lui indique la personne que je massais précédemment. Cette aide inespérée me redonne de la force pour continuer sur le deuxième blessé. Le médecin me donne des conseils pour être plus efficace.

« Je sors de ce hall et constate l'arrivée d'un véhicule des sapeurs-pompiers, gyrophares allumés, qui se dirige vers notre position. Je fais signe au véhicule au milieu de la chaussée pour qu'il nous repère plus facilement. Un pompier court à ma rencontre.

« Je lui explique que j'ai rassemblé les blessés dans ce hall et ma méthode de triage. Je l'informe que deux personnes sont en arrêt cardio-respiratoire. Il donne des instructions à ses effectifs, qui se mettent rapidement en place pour relayer les médecins civils venus m'aider.

« L'arrivée de Dimitri, notre commissaire central, nous donne un second souffle et nous permet de nous remobiliser pour retourner chercher des blessés dans l'enceinte du Bataclan.

« Avec lui, les quelques pompiers présents et des collègues en civil munis de leurs gilets pare-balles lourds, nous organisons une colonne pour retourner dans l'enceinte du Bataclan afin d'extraire de nouveaux blessés situés dans le hall d'entrée. »

Stéphanie, brigadier, Paris 15e, 33 ans :

« La gardienne du 87, boulevard Voltaire nous a requis pour des rescapés du Bataclan réfugiés dans son immeuble. Ils sont accueillis dans un appartement, je rends compte par radio de la situation et demande des secours. »

Isabelle, gardien de la paix, Paris 11e, 28 ans :

« Je m'arrête au niveau de la porte d'entrée de la salle du Bataclan. Le videur que nous connaissions est toujours là, assis contre la porte, une balle en plein front. Il a toujours les yeux ouverts rivés sur les entrées, comme si son travail se poursuivait malgré les circonstances. Je vois d'autres victimes décédées. Leurs dernières expressions sont figées et nous ressentons leur peur avant que la mort ne les frappe. Je baisse les yeux et tente de me reconcentrer sur ma mission. Je passe le pas de la porte et des collègues me demandent de l'aide pour porter un blessé sur une barrière de circulation. Les brancards nous manquent. Nous devons improviser. »

Émilie, sous-brigadier, police secours, Paris 3e, 30 ans :

« Sans ordres précis, nous nous répartissons instinctivement les rôles, sans échanger un mot, pour organiser l'extraction des victimes, les soins et la sécurité. On est tellement "déter" et sous adrénaline qu'on ne s'est même pas aperçus qu'on est entrés dans le Bataclan. "S'il y a des vivants levez la main", lance un de nos chefs sans craindre d'attirer l'attention des terroristes.

« Puis on nous a fait ressortir. Le silence de mort dans le Bataclan, l'odeur du sang, les téléphones qui sonnent dans le vide restent à jamais marqués dans ma mémoire.

« Des collègues en tenue se positionnent en aval de la rue Oberkampf en mode protection pour empêcher tout retour d'individus armés vers notre position. On ignore toujours combien sont les terroristes, on ne sait pas si d'autres terroristes, ceux des terrasses vont se joindre à ceux du Bataclan ou d'autres complices encore qui arrivent.

« J'apprends qu'un terroriste a fait exploser sa ceinture à l'autre bout du boulevard Voltaire en direction de la place de la Nation (à l'intérieur de la brasserie Le Comptoir Voltaire, un des djihadistes des terrasses, déposé par Abaaoud, a actionné sa ceinture explosive, N.d.A.). Tout le périmètre est gangrené. On est sur un qui-vive permanent et jamais vraiment à l'abri. »

Zouhir, brigadier, BAC Paris 17e, 40 ans :

« Je me tiens au QG des autorités avec les magistrats, en tenue bourgeoise (civile) et mon brassard "Police" bien visible. À ce stade, on sait juste que des terroristes tirent à l'intérieur du Bataclan. On ignore combien ils sont et où ils sont positionnés.

« Un jeune gardien de la paix que je ne connaissais pas me hèle : "Viens nous aider à sortir les blessés du Bataclan." Je demande à la proc', elle me donne son accord. Depuis le QG, on entend des rafales de kalachnikov. Les terros concentrent leurs tirs sur les issues de secours. J'entre dans le Bataclan, une odeur de poudre et de mort. Un couloir mène à la fosse. De l'entrée à la fosse, à ma droite, je vois une femme morte, son téléphone sonne, je lis "Maman", j'avance vers le bar, une jeune entre 18-25 ans, morte aussi, son téléphone sonne.

« Dans la fosse, on voit des mains se lever. On n'a rien pour évacuer les victimes. Des collègues nous ont apporté des barrières Vauban et des panneaux de chantier. Une femme sort avec nous, elle marche sur un corps sans vie, elle crie, un collègue la bâillonne.

« Tout le long du Bataclan qui mène à la fosse, les spectateurs sont tombés comme des mouches. Arrivés à la fosse, on aperçoit une main qui se lève parmi les corps, on l'agrippe et on sort la victime recouverte de corps sans vie. Personne ne se parle. On l'évacue. Tu fais ce que tu crois être bon. Pour l'atteindre, on marche sur les corps. Les terroristes étaient à l'étage, ça tirait pendant qu'on évacuait. Je n'ai pas croisé le regard d'un terro. J'ai fait deux allers-retours avec des blessés avant qu'on nous annonce l'imminence de l'assaut.

« Ça va tellement vite que je n'ai pas appelé ma famille, je n'ai même pas prêté attention à mon téléphone. On attend des ordres qui ne viennent pas. La situation est vraiment très grave. Je me sens livré à moi-même. Je vois le stress de nos responsables. Je lis la panique des autorités. Elles me donnent l'impression que personne ne maîtrise rien. »

Isabelle, gardien de la paix, Paris 11e, 28 ans :

« J'attrape la barrière et je fais le chemin inverse du Bataclan jusqu'à la rue Oberkampf. La porte d'un immeuble a été ouverte, donnant dans une courette pavée. C'est ici que nous amènerons les blessés pour qu'ils soient pris en charge par les médecins. Je dépose mon premier blessé et repars au pas de course pour récupérer les suivants. Un, deux, trois, cinq, dix, je ne sais combien de fois, je suis rentrée puis ressortie avec des blessés. La courette se remplit inexorablement. Les premiers blessés déposés sont maintenant tous recouverts de draps blancs, seule leur main dépasse, posée sur le pavé. La courette n'est plus qu'un immense cimetière, le sang ruisselle, il coule de nos chaussures, tapisse le sol des ambulances. Je suis pétrifiée par ce triste "spectacle".

« Encore une fois j'y retourne, avec trois autres collègues nous soulevons un jeune homme qui se tord de douleur. Je le rassure : "Ne t'inquiète pas, les médecins t'attendent, tu es avec nous maintenant, accroche-toi !" J'arrive dans la cour qui est pleine, je demande au médecin où déposer la victime. Il me crie : "Pose-le là !" Là ? Mais c'est sur la route ! "Pose-le là j'te dis !!!" Mais non ! "Laisse-le de toute façon il va mourir !!!" Ces mots me pétrifient ! Quoi ? Je ne bouge plus, je suis là postée devant ce jeune homme qui a mal et je ne peux rien faire. À quoi je sers, à quoi bon continuer ? Je reste là, perdue au milieu de cette scène macabre. Un collègue voyant ma détresse s'approche de moi, pose sa main sur mon épaule et me dit : "Allez ! continue, il y a des gens qui ont besoin de nous !" Je le regarde fixement, puis je repars en direction du Bataclan. Je ne sais pas pourquoi, je ne sais pas comment, peut-être pour oublier ce moment tragique que je viens de vivre. Ce visage est gravé dans ma mémoire depuis ce jour. »

*

À cette époque, en 2015, les véhicules de police n'étaient pas équipés d'une trousse de secours. Pour Igor, rien n'a changé depuis l'attentat à la gare de RER de Saint-Michel en 1995. « Notre matériel de secours était inadapté face à ce type de dommages.

Le 13 novembre 2015, nous, policiers de sécurité publique, étions démunis face au terrorisme comme vingt ans plus tôt à Saint-Michel où j'étais intervenu, à l'époque où j'étais pompier », déplore-t-il. « En fait quasiment aucun policier n'avait de gants chirurgicaux ; notre administration n'en fournissait pas », abonde Julie. Lucie indique que les policiers de son niveau n'avaient jamais reçu de formation pour faire face à des tueries de masse, seulement un exercice simulé dans un aéroport en école de police. « À l'époque, on s'était demandé si notre hiérarchie n'avait pas eu des infos sur un attentat de ce type mais, malgré tout, on n'était pas préparés. »

Les policiers doivent improviser, les soins apportés aux blessés se font avec les moyens du bord. Julie sollicite des pompiers pour des gants chirurgicaux mais rapidement, ceux-ci, face au manque de moyens, doivent faire preuve d'inventivité. « À un moment, un officier des pompiers a demandé à tous ses gars de retirer leur ceinture parce qu'ils avaient besoin de garrots. Ils se sont tous exécutés. Un tas de sangles s'est rapidement formé devant moi », décrit Julie. « La situation devenait également très compliquée pour les secouristes et les pompiers », conclut-elle. Émilie s'est retrouvée obligée de déchirer son coupe-vent « Police nationale » pour improviser son premier point de compression.

Elle se sert ensuite des lanières de son porte-radio « principalement sur les membres, les bras et les jambes, pour stopper les écoulements de sang ». Elle montre ensuite à ses collègues comment faire. « Je suis d'une famille d'infirmiers j'ai vu ça toute ma vie. Ce ne sont pas mes deux pauvres heures de secourisme en école de police qui m'ont aidée. »

Face à cette situation, certains blessés parviennent à s'extraire de leur douleur pour venir en aide à la policière. Une magnifique entraide se met en place. « Toutes ces personnes blessées par balle font preuve d'une dignité et d'un altruisme remarquables. Elles se tiennent mutuellement les points de compression pour me permettre de m'occuper d'un maximum de personnes. Aucune ne pleure ni ne perd son sang-froid. L'esprit de groupe qui s'est instauré les aide à rester conscientes. Une femme, amenée par un gardien de la paix, s'assoit aux côtés des blessés par balle. Je m'approche d'elle et elle me montre son mollet gauche, où une balle est logée. "Je n'ai qu'une balle, je ne saigne pas, soignez-les autres." Quel courage, je me dis. Son sourire réconfortant me donne la force de m'occuper des plus gravement atteints. »

*

Toutes ces scènes, le nombre de victimes absolument paniquées, les corps sur le trottoir, les plaies béantes et blessures graves, resteront durablement dans la mémoire des policiers. Certains détails effroyables sont difficiles à effacer. Julie en dresse un tableau macabre : « En échangeant un regard avec mes collègues, nous réalisons la gravité des blessures par balle, similaires à celles rencontrées sur des territoires en guerre, avec des corps mutilés, des membres arrachés et des organes apparents. On est en zone de guerre. C'est la guerre, et moi, je suis censée protéger et secourir les gens mais je n'ai que des bouts de ficelle et ma volonté. » Erwan, un brigadier de la BAC Saint-Maur, s'est retrouvé particulièrement exposé. Il a encore des détails très précis en tête. « L'entrée du Bataclan était jonchée de morts. J'ai vu un homme assis au sol, adossé à un claustra en bois, mort. Il avait une balle en pleine tête. Une femme allongée sur le dos, plaies par balle, je l'ai touchée, elle était déjà froide. On a essayé de libérer l'entrée comme on pouvait », raconte-t-il. Il continue : « J'ai vu beaucoup de personnes présentant des blessures graves, certaines m'ont marqué plus que d'autres. Une femme dont une joue avait été arrachée par un projectile, une autre dont la poitrine était fendue, semblable à une orange éclatée en deux, un homme dont le sang giclait de son cou. Les tirs à l'arme de guerre font des dégâts terribles. » Les mêmes scènes d'horreur attendent Lucie, de la police secours du 3e arrondissement, lorsqu'elle franchit la porte d'entrée du Bataclan qui donne sur la fosse. « Après avoir franchi une porte, d'un coup une foule se jette sur nous : c'était *walking dead*. C'était incroyable : à l'un, il manque un bras, un autre une jambe, un autre touché à la mâchoire par un tir ennemi me demande de l'aide. Tout ça se déroule sous le feu des rafales de kalachnikov que j'entends tirer de l'intérieur du Bataclan. Une dame me crie en anglais de lui faire un point de compression à la tête. Le gars sans mâchoire s'écroule sur moi. Une collègue passe son coupe-vent pour faire un garrot. On ressort, on ramasse des barrières Vauban, on n'a pas de brancards. » Dans l'obscurité, certains intervenants peinent parfois à distinguer clairement ce qu'ils observent. La surprise peut alors être totale, et glaçante.

*

Trois policiers racontent avoir eu la sensation de mourir ce soir-là. Igor : « À chaque aller-retour entre le Bataclan et le boulevard Voltaire j'entendais des tirs en rafale, les cris des gens dans la salle qui contrastaient avec le silence de la rue.

Je me demandais quand ça allait cesser. Les tirs résonnaient. Je me souviens avoir pris une photo de Guillaume, Rodolphe et moi avec mon téléphone portable entre deux allers-retours, car je m'étais dit "ce soir je ne rentre pas à la maison, je vais mourir là". Les rafales à l'intérieur de la salle de spectacle me semblaient interminables. Je ne sais pas combien d'allers-retours j'ai faits en tout mais je dirais une bonne vingtaine. » Erwan : « Je ne savais plus trop où je me trouvais. J'étais dos à un mur, je voyais du verre au sol, j'ai compris qu'il s'agissait des restes des portes vitrées du Bataclan, je comprends que je suis juste à l'entrée du Bataclan. Moi j'avais mon Sig Sauer SP 2022 à la main, mon arme individuelle de service, calibre 9 mm ; je venais d'essuyer des tirs de kalachnikov d'un calibre de 7,62... je ne pouvais pas rivaliser. J'ai vraiment pensé que j'allais mourir. J'ai eu très peur, pendant au moins trente secondes je me suis dit "ils vont sortir, ils vont nous fumer". J'étais bloqué, tétanisé. Je pensais à Ahmed Merabet, abattu dans la rue à moins de deux cents mètres du Bataclan, je revoyais ces images dans ma tête, je me suis dit que j'allais finir comme lui, abattu là. J'ai pensé à ma femme et mes enfants... Puis j'ai eu comme un déclic et je suis repassé en mode "boulot" à nouveau concentré sur la situation, un effet tunnel mais positif, je ne pensais plus au danger de mourir, la question ne me venait plus. J'ai regardé autour de moi. » Stéphanie : « Pour moi, c'est sûr, je vais mourir là, dans la rue. J'ai immédiatement ressenti un fort sifflement ainsi qu'une forte douleur dans mon oreille gauche ; cela m'a sonnée quelques secondes. À l'issue, sur le relevé du camion de pompiers et du car de police, je comprends qu'il s'agit d'une rafale circulaire débutant à mon niveau. Je suis assommée par le bruit des tirs, du souffle des projectiles qui sont passés vraiment très près de moi. »

*

À 21 h 56, le commissaire Guillaume Cardy, n° 2 de la BAC Nuit de Paris, parvient à abattre l'un des terroristes. Le commissaire et son chauffeur le brigadier Grégory roulaient en direction du Stade de France lorsqu'un appel radio annonce une situation d'urgence au Bataclan. La communication les détourne de leur trajet. Rapidement sur zone, ils entendent en effet plusieurs tirs isolés et en rafale. Igor l'aperçoit. « Un commissaire est arrivé en courant vers notre position, je le reconnais. C'est mon ancien chef de service au commissariat du 11e », relate-t-il. Lucie se souvient également de leur arrivée sur les lieux. « Deux collègues viennent nous rejoindre en renfort au Bataclan : le commissaire de la BAC 75 N et son chauffeur. On fait un point de situation au commissaire : il dit "j'y vais". » Ces derniers se préparent à entrer dans le bâtiment. Isabelle se trouve non loin de là. Elle ne connaît pas Guillaume Cardy et éprouve un certain effroi à l'idée que celui-ci souhaite affronter les terroristes. « De retour près du Bataclan, une autorité se présente, une casquette, un uniforme, des épaulettes ; il ressemble à un préfet, mais c'est impossible, un contrôleur général peut-être. Que fait-il là et surtout maintenant ? Les terroristes sont toujours à l'intérieur, les otages aussi ! Ce dernier se poste près de l'entrée et demande : "Un effectif armé d'un PM (pistolet-mitrailleur) avec moi" ! Quoi ? Tout le monde se regarde hébété, c'est impossible ! Il ne va tout de même pas entrer affronter les terroristes ?! Je vois des collègues reculer d'un pas, ils sont terrifiés, personne ne veut se risquer à entrer juste pour parader et dire "j'y étais" ! Devant ces doutes, il désigne mon collègue C. Postée à côté de lui, je lui dis "non n'y va pas", mais il n'a pas le choix. À ce moment-là, je me demande pourquoi, pourquoi lui, pourquoi mon collègue, il n'a que 23 ans. J'ai envie de hurler : "Monsieur, je vous en supplie, pas lui !" Je m'en veux tellement de les avoir emmenés dans cette horreur. Pourquoi ai-je pris la décision de les amener au QG de la BRI ? S'il ne revenait pas, c'est certain, je ne m'en remettrais pas. Je le vois avancer doucement avant de disparaître, il se retourne et me lance un dernier regard, ce regard qui vous dit "je suis terrorisé, aide-moi !", mais là encore je ne peux rien faire. Les larmes montent, je ne peux plus bouger, pétrifiée par l'angoisse. Je l'ai attendu là sans bouger en priant pour qu'il revienne sain et sauf. Après plusieurs minutes, je l'aperçois, il va bien, je respire à nouveau. J'aurais voulu le prendre dans mes bras et lui dire pardon pour tout ça, mais je ne peux pas, nous continuons comme de braves soldats. »

Cardy et son chauffeur progressent rapidement vers l'entrée du Bataclan où plusieurs corps gisent déjà au sol, mortellement touchés. Simultanément, des hurlements se font entendre, entrecoupés de multiples détonations. Ils pénètrent dans le sas d'accès en franchissant les premières portes vitrées quand soudain les secondes portes, opaques, s'ouvrent. Plusieurs dizaines de spectateurs du concert se précipitent vers eux en hurlant. Nombre d'entre eux sont blessés mais ils parviennent à trouver la force de s'enfuir. Ils courent sous les balles des kalachnikovs.

Au même moment, le commissaire distingue l'un des terroristes, crâne rasé et veste noire, non loin de la scène, qui tient son fusil d'assaut à deux mains qu'il dirige vers les étages. Le djihadiste se situe à environ dix mètres de la porte de sortie principale et à une vingtaine de mètres. Les portes se sont refermées et les tirs ont repris. Guillaume Cardy et son chauffeur décident d'avancer en direction de la scène. La salle était très éclairée, des spots en surplomb de la scène sont dirigés vers eux. Le sort ne les aide pas, pensent les deux policiers téméraires. Plusieurs centaines de personnes sont couchées au sol, et il est impossible de distinguer les vivants des morts. Un silence de plomb, ponctué par des détonations, rend cette séquence indescriptible et effrayante ; un véritable tapis de corps humains enchevêtrés et ensanglantés se trouve devant eux.

Le terroriste met en joue un otage en lui intimant de se coucher au sol. Cardy et Grégory profitent de ce moment d'inattention pour tirer. Cardy fait feu à quatre reprises tandis que son équipier tire deux fois. Samy Amimour, le terroriste originaire de Drancy (93), parti vivre sous le califat de l'État islamique depuis 2013, touché, pousse un râle et tombe au sol avant de relever légèrement la tête. À cet instant, une grosse explosion survient : il a eu le temps d'activer sa ceinture d'explosifs. Les complices d'Amimour ripostent à la kalach en direction des deux policiers, les forçant à reculer derrière les portes battantes.

Les services de police déjà présents comme la BAC 94 N ou la BAC des 11ᵉ et 1ᵉʳ se positionnent dans l'entrée du Bataclan en protection des deux policiers qui viennent d'abattre un des assassins. Lucie est, elle aussi, toujours présente. « Cardy et son chauffeur reviennent. Le commissaire nous dit "j'en ai touché un, je crois qu'il est mort". Il nous dit : "Il va falloir y aller. Ce n'est pas fini." » Igor : « Le commissaire Cardy a spontanément dit qu'il venait de tirer sur un terroriste, avec son chauffeur. Il n'en revenait pas de l'avoir neutralisé. Ils étaient tous les deux entrés dans le Bataclan, avaient ouvert le feu et étaient ressortis vivants. »

Plusieurs détonations sont encore entendues. Après s'être repliés, les deux policiers avancent de nouveau. En ouvrant la porte avec précaution, ils sont encore sous le feu. Ils ont tiré deux fois avec leur arme avant de reculer pour se protéger. Ils ont alors distinctement entendu l'un des terroristes s'approcher des portes battantes au niveau de l'escalier menant au bar et recharger sa kalachnikov, un chargeur tombant au sol et la culasse étant tirée vers l'arrière. Mais après la mort d'Amimour, les deux autres terroristes, plutôt que d'affronter les policiers, vont se réfugier au balcon de la salle de spectacle. Ils se replient le temps de recharger leur haine et cibler des civils désarmés.

Le décès du kamikaze ne met pas un terme à l'action des policiers primo-intervenants à l'intérieur du Bataclan. Le repli n'est que momentané. Car immédiatement, des blessés, empêchés de bouger en raison de leurs blessures, se signalent. Il faut les évacuer. Et désormais les deux terroristes savent que des policiers ont pénétré à l'intérieur du Bataclan.

Une victime blessée par balle rampe vers les policiers et réussit à ouvrir légèrement la porte en demandant de l'aide. Ils l'empoignent et la tirent vers l'extérieur. La victime est un commissaire hors service venu assister au concert. Pour ses collègues, il est d'une aide précieuse. Il donne moult détails sur les terroristes et leur position.

*

Évacuer les blessés, panser leurs plaies, les soigner... parmi ces gestes, les policiers primo-intervenants tentent aussi, suivant l'exemple du commissaire Cardy, de mettre les terroristes hors d'état de nuire. Ou du moins de limiter leur pouvoir de nuisance avant l'assaut de la BRI et du RAID. C'est ainsi qu'un affrontement se déroule avec les bacqueux du Val-de-Marne, positionnés passage Saint-Pierre-Amelot, à la sortie arrière du Bataclan, et les djihadistes. Bien que le rapport des forces joue en défaveur des policiers, ces derniers parviennent malgré tout à riposter.

Stéphanie, brigadier au commissariat du 15ᵉ, se souvient : « J'étais assise dans le salon de l'appartement du 87 Voltaire à veiller sur les rescapés du Bataclan, blessés, lorsque j'ai entendu une nouvelle rafale suivie de bruits de tirs plus sourds. J'ai reconnu qu'ils ne provenaient pas de la même arme. C'était le son d'un fusil à pompe, une arme de la police, de chez nous. J'ai dit aux collègues "oh putain c'est en train de chier, y a un affrontement entre les terroristes et les collègues". Les bruits de tirs résonnaient dans l'appartement. Ça m'a paru durer un long moment. Je trouvais ça tellement irréel, c'était comme dans un jeu vidéo, ça tirait comme dans *Call of Duty*. Sur le moment je n'avais aucune idée précise de ce qui se passait dans la salle du Bataclan. »

Guillaume, gardien de la paix de la BAC du 12ᵉ, 26 ans, est témoin de l'affrontement : « À peine à l'extérieur j'entends des bruits de tirs en rafale. Je comprends que ce sont des tirs d'arme automatique de gros calibre, sûrement des kalachnikovs comme utilisées par ceux qui ont tiré sur les terrasses. Je me dis que ce sont peut-être les mêmes tireurs. On se positionne en sécurité à l'angle des deux boulevards. D'autres effectifs de police arrivent sur les lieux, on met en place un périmètre de sécurité qui s'étend au fur et à mesure de l'arrivée des renforts et des pompiers. Je vois le véhicule Renault Master de l'équipage d'Angélique et Stéphanie posté en biais à l'entrée du passage Amelot, une des issues de secours du Bataclan. Des bruits de rafales retentissent, les terroristes tirent sur les collègues. La BAC 94 Nuit riposte à coups de fusil à pompe. Les tirs s'arrêtent. Momentanément. »

Erwan essuie les tirs des terroristes. Il reste dans le passage Saint-Pierre-Amelot au péril de sa vie : « On se rapproche du passage Amelot où était positionné un équipage que j'identifie comme étant de la BAC 94 Nuit, des collègues en uniforme, du même département que moi. Je les reconnais tout de suite, je vois que Toni est porteur d'un fusil à pompe. Comme Paul était équipé du pistolet-mitrailleur on prend position près d'eux, angle boulevard Voltaire/passage Amelot. On avait vu sur une porte de secours du Bataclan qui donnait dans le passage. Elle pouvait constituer un point de fuite des assaillants. On a pris position à côté des collègues de la BAC 94 N, dont l'un qui avait traversé le passage Amelot pour secourir un homme. Le blessé ne pouvait pas marcher, il était allongé au sol. J'ai traversé à mon tour le passage Amelot, pour les rejoindre. Au moment où je prenais la victime par les bras pour tenter de la transporter, j'ai vu la porte de secours s'entrouvrir et un terroriste a aussitôt ouvert le feu en notre direction. C'était un tir de kalachnikov. C'était très impressionnant, le bruit était assourdissant, les projectiles faisaient des étincelles au sol. On a lâché le gars et j'ai couru jusqu'à me coller au mur pour trouver une protection. Toni a ouvert le feu avec son fusil à pompe, il a riposté, ce qui a eu pour effet de faire reculer le tireur dans la salle. La porte de secours s'est refermée, le terroriste n'est pas ressorti. Les tirs ont cessé. »

Toni, le brigadier-chef de la BAC 94 N, est paré pour la riposte. Il va échanger des tirs avec les terroristes : « On avance en direction du passage Amelot. On voit des victimes au sol. Durant notre progression, on est prévenus par l'autre équipage de la BAC 94 que les terroristes tirent à la kalach dans le passage. Quand les tirs s'arrêtent, on reprend notre progression, on est désormais tout près de la sortie de secours. J'aperçois un homme en dreadlocks qui tire une blessée au sol dans le passage pour l'évacuer.

Le passage était déjà encombré de corps. On criait au gars de dégager. Il nous répondait "je ne la laisserai pas là !". Une rafale détonne, je vois des impacts au sol, je ne sais pas d'où ça vient. On recule sur le boulevard Voltaire. Les tirs s'arrêtent. Je m'avance à nouveau, j'ai les issues de secours dans ma ligne de mire. Je vois la porte du Bataclan s'entrouvrir, je me protège à l'angle du mur : une nouvelle rafale arrive vers moi. Le tir s'arrête, j'avance. L'homme en dreadlocks torse nu est carrément couché sur la fille, comme en protection. J'ouvre le feu au fusil à pompe deux fois vers la porte en direction du tireur. Je recule à nouveau, je recharge mon fusil. »

Jeune gardien de la paix, Stéphanie, en police secours dans le 12e arrondissement, se positionne en protection des bacqueux : elle a pour mission de surveiller les fenêtres et les toits d'où pourraient partir des tirs de kalachnikov.

« Trois collègues en civil, dont deux sont porteurs de casques et de fusils à pompe, identifiés ultérieurement comme appartenant à la BAC 94 N, sont déjà présents dans le passage Amelot. Leurs fusils à pompe sont dirigés en couverture vers une des sorties de secours du Bataclan. Un des deux collègues de la BAC 94 N crie vers moi : "Attention, ils sont à l'intérieur, il me faut quelqu'un pour me tenir le point haut !"

« Je sors alors mon arme et je commence à fixer les étages du bâtiment comme me le demande le collègue, en protection, en couverture. J'ai aussi pris soin de retirer les patchs POLICE de mon blouson afin d'être moins repérable par l'ennemi. Ce sont des patchs réfléchissant la lumière. Il fait très sombre à 22 h 30, de plus des branches d'arbre me masquent la visibilité ; depuis ma position, je vois distinctement l'intégralité du passage Amelot et la sortie de secours. »

Toni : « Comme on avait changé de côté, le terroriste avait été obligé d'ouvrir un peu plus la porte de secours ; mais je ne peux pas riposter tout de suite, car l'homme torse nu aux dreadlocks s'était relevé pour reprendre son sauvetage. J'ai entendu des impacts de 7,62 dans les véhicules. Dont un dans le camion de pompiers à moins de 30 centimètres de la tête d'Alexandre, un de mes collègues. Il m'a regardé, m'a dit "c'est chaud", il s'est reculé sur le boulevard Voltaire. J'avais le temps de penser à rien. J'étais concentré sur la situation. Je n'avais pas peur, je n'avais pas le temps d'avoir peur.

« La porte de l'issue de secours du Bataclan se referme puis s'ouvre à nouveau, je vois l'arme du tireur dépasser de la porte, comme s'il la tenait d'une seule main, mais son corps reste dissimulé derrière la porte. Il ouvre le feu, vers moi, une rafale, j'ai riposté aussitôt : deux tirs dans la porte.

« Je vois la kalachnikov s'affaisser, les tirs cessent, la porte se referme.

« Je ne savais pas ce qui se passait à l'intérieur du Bataclan à ce moment précis.

« Mon obsession était que les tireurs qui s'y étaient retranchés ne puissent pas en sortir pour reprendre leur véhicule et faire d'autres victimes ailleurs.

« L'homme aux dreadlocks lève les bras comme en signe de victoire. Je me dis "mais qu'est-ce qu'il fait ?". Je ne comprenais pas. »

Erwan : « Je suis parti récupérer l'homme qu'on avait laissé au sol et on l'a tiré par les bras jusqu'à une laverie. Des pompiers qui nous avaient vus progresser sont venus à notre rencontre et l'ont pris en charge. Mais je me retrouve isolé de mon propre équipage.

« L'idée était de prendre position des deux côtés de cet accès au cas où les terroristes tenteraient une sortie. C'est ce qu'on a réussi à faire, on s'est postés à chaque coin de l'entrée.

« Je ne connaissais pas le nombre de terroristes à l'intérieur.

« Les minutes sur place me paraissaient longues, en attendant les renforts. Seuls la BAC 94 Nuit, l'équipage d'Angélique et Stéphanie du 12e et nous étions présents de ce côté-ci du Bataclan autant que je m'en souvienne. »

Stéphanie : « Après quelques secondes environ, j'entends une rafale de kalachnikov, une bonne dizaine de munitions, et je vois devant moi des étincelles, consécutives aux impacts de balles provenant du passage Amelot au niveau de la sortie de secours. Les tirs sont clairement dirigés vers ma position. J'ai immédiatement ressenti un fort sifflement ainsi qu'une forte douleur dans mon oreille gauche; cela m'a sonnée quelques secondes.

« Les collègues de la BAC 94 N répliquent plusieurs fois au fusil à pompe. Les terroristes se replient à l'intérieur. Je reprends ensuite rapidement mes esprits, il n'y a plus de menace immédiate; la ruelle est vide et j'ignore si les tirs des terroristes ont fait des victimes lors de cette séquence.

« Je suis particulièrement exposée au milieu de la route et mon arme de service ne fait pas le poids face à une arme de guerre. Je me replie stratégiquement en reculant afin de trouver un meilleur abri. Une fois complètement cachée de la vue des terroristes, je me rapproche des collègues de la BAC qui couvrent le coin de rue. Ma douleur à l'oreille évolue fortement, des sifflements et une audition fortement dégradée. »

*

Par moments, au cours de cette attaque qui a duré de longues heures, les policiers se retrouvent particulièrement exposés. C'est notamment ce qui arrive à Igor : « À un moment un commandant de police nous a demandé de nous replier, car une alerte venait de tomber : les terroristes tenteraient de s'échapper par les toits. On a levé les yeux et j'ai vu comme des faisceaux de lampe sur les toits.

« Tout le monde, policiers et pompiers, a quitté le boulevard Voltaire pour se réfugier rue Oberkampf, notamment dans les halls où on avait déposé les blessés. C'était une vision apocalyptique. J'ai eu à nouveau peur pour ma vie.

« La rue est devenue déserte un instant, même silencieuse. Des couvertures de survie et des compresses volaient, portées par le vent.

« Les tirs avaient cessé, seuls les gyrophares des véhicules de pompiers et de police illuminaient la rue.

« Une commissaire stagiaire de la BAC 75 N est venue nous voir et nous a félicités d'avoir aidé et transporté tous ces blessés, dont la plupart l'étaient grièvement. »

*

Zouhir : « Je reconnais un gars de la BRI au balcon, sans doute le "précurseur" envoyé par sa brigade pour évaluer la situation et récupérer un maximum d'infos en vue de l'intervention ultérieure. Il était seul. »

Isabelle : « Je retourne alors dans cet intérieur sombre, rempli de cette odeur de sang et de poudre. Je voulais sortir un autre blessé quand un collègue me dit en hurlant : "Sors vite!" Je ne comprends pas et je ne cherche pas à savoir! Je cours vers la sortie et me colle contre le mur. L'assaut va être donné! »

À 22 h 20, les quinze hommes de la force d'intervention rapide de la BRI de Paris arrivent au Bataclan. Toni, brigadier-chef à la BAC 94 N, 40 ans, leur signale tout de suite que le véhicule des terroristes est stationné devant le Bataclan.

Ce n'est pas la seule découverte des primo-intervenants.

Zouhir : « Un collègue m'appelle : il voit un téléphone à clapet dans la poubelle en face du Bataclan, on prévient nos chefs qui nous laissent sans ordres. On en parle à la proc que j'accompagne depuis le début de la soirée : elle nous dit de le récupérer. On y lit des inscriptions en arabe. La PJ récupère le téléphone, il est placé sous scellé. On saura plus tard qu'il s'agit du mobile d'un des terroristes qui a envoyé le SMS de départ de l'attaque djihadiste. » Toni poursuit : « Les collègues de la BRI sont accompagnés d'un sniper, un tireur haute précision. Avec le sniper et deux autres collègues de la BAC équipés de fusils à pompe, on s'est abrités derrière un véhicule face à l'entrée du Bataclan. En cas de tentative de sortie des terroristes, on était prêts. »

À ce moment précis, la BRI détient encore peu d'informations sur la situation à l'intérieur du bâtiment. Ces policiers savent qu'un des terroristes a été abattu et que les tirs ont cessé ; en revanche, ils ne connaissent pas le nombre exact d'assaillants et ne sont même pas sûrs qu'ils soient encore à l'intérieur. La situation est d'autant plus floue que la police est submergée d'appels téléphoniques, alertant sur des coups de feu entendus aux quatre coins de la capitale, laissant penser que les djihadistes du Bataclan ou leurs complices agiraient ailleurs dans Paris. La surprise d'une attaque en plusieurs points a rendu la situation extrêmement confuse et le passage de relais entre primo-intervenants et service d'élite n'est pas une mince affaire.

Les uns laissent la place aux autres. « La BRI est arrivée et a pris notre place. » Pour Erwan, c'est un « soulagement ». « On est sortis de la salle en marche arrière et j'ai repris position devant le Bataclan. Je ne lâche pas mon arme. On sent la tension monter. » La peur révèle les hommes, et la hiérarchie n'est pas à l'abri d'un manque de sang-froid.

Erwan en fut le témoin. « Mon collègue stagiaire n'était pas très loin de moi lorsqu'un officier, un commandant, me semble-t-il, est venu le voir et lui a demandé la taille de son gilet lourd. Comme la taille correspondait à sa morphologie, le commandant a demandé au stagiaire de lui refiler son gilet pare-balles. Le stagiaire a obtempéré, il l'a retiré et l'a donné au commandant. Je ne pense pas que je lui aurai donné mon gilet s'il s'était adressé à moi. Qu'est-ce qu'il s'imagine ? Que nos vies valent moins que la sienne ? »

Entre l'arrivée de la BRI et l'assaut proprement dit, deux longues heures vont s'écouler. Un délai interminable pour les centaines de personnes piégées à l'intérieur, qui ne savent rien de ce qui se trame dehors. Lucie, Isabelle, Igor, Julie, Zouhir, Raphaël, les premiers policiers arrivés sur place, continuent à transporter et répartir les blessés qu'ils ont pu extraire de l'enfer qu'est devenue la fosse de la salle de concert. Ils doivent pourtant s'économiser : la BRI aura besoin d'eux pour agir dans son sillage. Comme le raconte Igor : « La commissaire Chloé s'est adressée à nous : il faudra des volontaires pour entrer dans le Bataclan pendant l'assaut afin d'aller extraire les blessés qui s'y trouvent encore. Je me souviens à peu près de ses mots : “Bravo, c'est super ce que vous avez fait jusque-là, mais maintenant que les GROS sont là (elle parlait de la BRI), il va falloir des volontaires pour entrer derrière eux. Qui veut ? Qui ne veut pas ?” J'ai apprécié son ton calme et empreint de responsabilité. Elle prenait l'initiative et je l'ai vue comme une meneuse d'hommes. Je me suis immédiatement porté volontaire, Guillaume m'a suivi sans hésiter, Rodolphe était moins enthousiaste mais a opiné de la tête. Il voulait rester avec nous. »

Un engagement qui est loin d'aller de soi, car, comme le rappelle Erwan, « nous n'étions pas équipés comme la BRI en matériel de protection et en armement, ni formés pour monter un assaut.

En cas de tireurs retranchés, le protocole d'intervention prévoit juste qu'on fige la situation et qu'on établisse un périmètre de sécurité en attendant l'arrivée des services spécialisés ».

Il est 22 h 30 quand la première colonne de la BRI entre dans le Bataclan. Elle progresse lentement et silencieusement au rez-de-chaussée, comme on lui en a donné l'ordre. Les fonctionnaires, casqués, progressent en ligne derrière le Ramsès, un bouclier roulant de 80 kilos. Certains spectateurs les voient serpenter difficilement entre les corps et le mobilier renversé.

Il ne s'agit pas encore de l'assaut mais d'un prépositionnement, une étape cruciale. À ce moment-là, les djihadistes ont cessé de tirer, il est donc difficile de les repérer, une embuscade est possible. Lucie, Isabelle, Igor, Guillaume et d'autres policiers primo-intervenants, en file indienne, ferment la marche derrière les robocops de la BRI. Ils ignorent si des engins explosifs ont été dissimulés sur leur passage. On vient de signaler au commandement que les terroristes détiennent des otages, une douzaine de spectateurs extraits de la fosse fumante et contraints de se retrancher avec eux dans les entrailles de la salle de spectacle…

Isabelle : « Et là quelqu'un crie : les terroristes sont sur le toit !

« Je me mets comme les autres à courir pour m'abriter, je trouve le porche d'une banque située à côté du Bataclan. Je vois des collègues courir et sauter sous des voitures en stationnement. La peur envahit les rues, ils vont nous tirer comme des lapins c'est sûr ! Nous nous collons les uns contre les autres pour disparaître le plus possible. Tout le monde arrête de respirer. Un collègue hurle "lampe-torche sur les toits !". Nous allumons alors tous nos lampes pour essayer de localiser l'ennemi au plus vite, mais rien... La BRI terminant sa reconnaissance à l'intérieur met fin au supplice et nous informe que les gens sur le toit ne sont que des otages... Nous respirons à nouveau... »

Entre 22 h 30 et 22 h 35, la deuxième colonne de la BRI arrive à son tour devant la salle de spectacle, les policiers d'élite sont désormais trente. Ce renfort permet d'accélérer l'évacuation de ceux qui peuvent marcher, les hommes de la BRI protégeant leurs collègues de police secours d'une éventuelle reprise des tirs.

Erwan : « Dès que la BRI est entrée dans la salle, les premières victimes valides ont commencé à sortir.

« Je me souviens que certaines s'en prenaient à nous : "pourquoi vous n'êtes pas entrés plus tôt ?", "fallait venir plus vite nous aider !", etc. J'ai entendu pas mal de reproches ce soir-là. Je ne répondais rien.

« Vers 22 h 40, la majorité des spectateurs valides qui se trouvaient dans la fosse ont quitté la salle et sont pris en charge, à l'entrée du bâtiment. Les policiers les fouillent un à un, afin de s'assurer qu'ils ne sont pas "piégés" ou qu'un terroriste ne s'est pas dissimulé parmi le flot des personnes évacuées. On leur faisait lever les mains, j'avais conscience qu'il pouvait y avoir un assaillant qui tenterait de se mêler aux victimes pour s'échapper.

« Des collègues palpaient les gens qui sortaient.

« J'entendais des coups de feu et des explosions de grenade provenant de la salle, sans doute ceux de la BRI. »

Isabelle : « Les personnes qui sortent nous disent que les terroristes n'étaient pas trois mais quatre, qu'il y aurait une femme voilée. Un commissaire présent sur place demande alors à toutes les collègues féminines de palper chaque femme sortante à la recherche d'un gilet explosif. »

Vers 23 heures, la BRI commence à progresser dans les escaliers, ce qui permet à certains spectateurs

– encore dissimulés à ce moment-là – de quitter les lieux. Trente fonctionnaires supplémentaires de la BRI parviennent, à leur tour, devant la salle de spectacle. Soixante robocops armés jusqu'aux dents sillonnent désormais le Bataclan. À 23 h 15, la progression de la BRI dans les étages est stoppée devant une porte close, derrière laquelle se trouvent les deux membres du commando terroriste et une douzaine d'otages. Foued Mohamed Aggad et Ismael Omar Mostefaï demandent d'abord le départ des policiers par le truchement d'un otage qui hurle derrière la porte. Personne ne bouge. Puis, la colonne de la BRI obtient le numéro de téléphone de l'un des otages. Grâce à ce numéro, le négociateur entre en contact à 23 h 27 avec les terroristes, lesquels l'ont rappelé ensuite à quatre reprises : 23 h 29, 23 h 48, 0 h 05 et 0 h 18. Voici en substance, selon les témoins otages, un résumé des propos des djihadistes : « On voit vos lasers rouges, on vous entend derrière la porte », « On veut un négociateur, on veut parler à quelqu'un, je veux savoir à qui je parle, à qui j'ai affaire », « Je veux que vous partiez du pays (Syrie, N.d.A.), je veux que vous enleviez vos armées, je veux un papier, et un papier signé qui le prouve, il est 23 h 32, si dans cinq minutes je n'ai rien, à 23 h 37 je tue un otage et je le balance par la fenêtre, moi je m'en fous, on a pas peur de mourir », puis « Reculez de la porte, on a des ceintures, on va se faire sauter si vous approchez, on a des otages, on a même un flic en otage, reculez, reculez, on a des ceintures explosives, on va tout faire sauter ».

« Vous allez payer pour la Syrie et l'Irak. C'est pour nos frères d'Irak et de Syrie, vous avez fait du mal à nos frères, vous avez bombardé la Syrie, vous allez voir ce que ça fait les bombardements en Irak, on fait ce que vous faites en Syrie, écoutez les gens crier, c'est ce que les gens vivent en Syrie sous les bombes, vous tuez nos femmes, nos frères et nos enfants, on fait pareil, on est là pour vous, nous on n'est pas en Syrie mais on agit ici. Vous nous faites ça, on vous fait ça. »

À 0 h 18, le 14 novembre, sur autorisation du préfet de police, l'assaut contre les deux derniers terroristes est donné par la BRI, soutenue par les effectifs du RAID, positionnés au rez-de-chaussée du Bataclan. Les volontaires de police secours sont dans leur sillage.

Igor : « Arme à la main, je progressais derrière eux avec mes deux coéquipiers et d'autres collègues que je ne connaissais pas. J'aperçois à l'entrée de la salle un homme couché sur le dos, mort, une balle en pleine tête, puis deux femmes de chaque côté des portes, mortes également. J'entre dans le hall d'entrée du Bataclan, les portes de la salle sont ouvertes et je visualise la fosse. Elle est à moitié dans le noir, il y a de la fumée, le sol était entièrement recouvert par les corps des spectateurs. Il y en avait un nombre incalculable. Je vois le médecin de la BRI qui me dit en chuchotant "prends celui-là", en me désignant une victime.

« Je me suis tourné vers Guillaume, il était devenu tout pâle, Rodolphe était resté en protection à l'extérieur.

« À ce moment je me suis dit, en pensant à Guillaume, "mais dans quoi je l'ai emmené?". Je voyais qu'il n'était pas bien, je m'en suis voulu à cet instant.

« Je lui ai demandé si ça allait, il m'a fait "oui" de la tête mais je le voyais serrer les dents.

« On a fait le job quand même, on a pris la victime que nous avait désignée le médecin de la BRI, on l'a sortie et on l'a emportée à l'extérieur.

« On a fait comme ça plusieurs allers-retours, on transportait les victimes sur des barrières Vauban ou de chantier, en guise de brancards.

« Les lumières de la scène tournaient encore, ce qui donnait une ambiance surréaliste. J'entendais les nombreuses vibrations des téléphones portables des victimes, je voyais leurs écrans s'allumer sans que je puisse distinguer ce qui s'affichait.

« J'ai vu un homme accoudé à une enceinte, j'avais l'impression qu'il me regardait, il avait les yeux ouverts. Je l'ai appelé mais il ne me répondait pas. Il était blond, avait un catogan, portait un blouson type bombers vert. Comme il ne me répondait pas je me suis approché de lui ; j'ai alors vu qu'il lui manquait la moitié de la tête, sans doute arrachée par un projectile.

« J'ai enjambé un tas de corps, pour atteindre ceux que le médecin de la BRI me désignait.

« Un bras s'est levé au milieu des corps, le médecin m'a dit "prends-le". Un homme, la trentaine. On l'a extirpé jusqu'à l'extérieur, puis d'autres collègues l'ont mis sur une barrière pour le transporter. Et ainsi de suite jusqu'à ce que le médecin nous demande de sortir parce que les gars de la BRI allaient donner l'assaut final.

« Je suis sorti de la salle, les portes se sont refermées derrière moi. »

Le silence. C'est ce qui frappe tous les témoins quelques minutes avant l'assaut. Toni était positionné à l'entrée de secours, passage Amelot : « Il y avait un silence de mort. J'entendais uniquement des râles et des téléphones sonner ou vibrer. Une forte odeur métallique et chaude à la fois émanait de l'intérieur. Une odeur de sang qui me prenait à la gorge. Puis les coups de feu ont repris, la BRI neutralisait les terroristes. »

Les policiers, équipés de leurs boucliers de protection, avancent sous une grêle de tirs de kalachnikov. Les balles claquent contre les boucliers. Les forces d'élite sont déterminées à en finir. Elles progressent sous le feu. Elles ne ripostent pas dans un premier temps, elles sont concentrées sur un seul objectif : stopper l'effusion de sang.

Isabelle : « La colonne de la BRI monte par une échelle directement au premier étage et là un déchaînement de violence commence. Une puissance de feu incroyable retentit au milieu des immeubles. D'abord des grenades puis des rafales de fusils d'assaut, le bruit est assourdissant.

« Je pense aux otages cachés à l'étage. Combien allons-nous devoir sortir de ce mouroir ? Combien de collègues vont tomber sous les balles ? Finalement, après une tension insoutenable, les policiers parviennent à ouvrir le feu et à neutraliser les assaillants. Dans les derniers instants de l'affrontement, l'Alsacien Foued Mohamed Aggad déclenche sa ceinture explosive. La détonation est assourdissante, secouant la structure même du bâtiment. Son corps est retrouvé coupé en deux au niveau du bassin : la partie supérieure sur le palier au bout du couloir, la partie inférieure dans l'escalier menant au rez-de-chaussée. Le Francilien Ismaël Omar Mostefaï est quant à lui découvert au bas de ces mêmes escaliers. Il n'a pas activé sa ceinture explosive, mais les tirs des policiers ont déclenché la mise à feu et la partie supérieure de son corps est déchiquetée par des écrous… Il est aussi touché par balle près de l'aorte.

« J'apprendrais plus tard que l'assaut n'a duré qu'une minute trente. J'ai eu l'impression qu'il en avait duré dix ! Puis le calme… D'un coup, les coups de feu cessent : plus personne ne bouge, personne ne parle… C'est fini nous sommes vivants. »

Les personnes encore dissimulées dans le bâtiment sont progressivement libérées. Méfiantes, une quarantaine de personnes enfermées dans une loge à l'étage n'acceptent d'ouvrir la porte qu'après avoir échangé pendant quinze minutes avec les hommes de la BRI pour s'assurer qu'il s'agit bien de policiers. Igor, en soutien à l'unité d'élite, procède à l'évacuation des rescapés. « Ceux qui sortaient étaient minutieusement palpés. J'ai participé aux palpations pendant que d'autres collègues assuraient notre protection arme à la main. C'est la procédure, on pouvait craindre qu'un terroriste tentât de se faire passer pour un rescapé. Les gens sortaient en état de choc, en pleurs, tout ce que j'entendais de leur part c'est qu'ils voulaient rentrer chez eux. » Une fois les valides extirpés de l'enfer, les pompiers pénètrent à leur tour dans le Bataclan. Ils s'assurent qu'il ne reste aucun blessé dissimulé sous les corps. Zouhir, de la BAC du 17e, escorte les magistrats lorsqu'ils entrent à leur tour. « Après l'assaut, les lumières se sont allumées. Et là, c'est terrible, tu vois tout, les expressions du visage notamment. Jusque-là, je n'avais vu que des corps. Je monte à l'étage du Bataclan : un des terroristes y est mort. On suit François Molins. Il fait le tour et procède à des constatations. À ce moment-là, j'ai toujours l'impression que c'est irréel. Je m'en voulais de ne pas ressentir personnellement d'émotion. Je voyais des collègues pleurer et moi rien ! »

Les policiers de voie publique, même endurcis par des années d'interventions sur des accidents de la route ou de règlements de comptes en tout genre, n'étaient pas préparés aux scènes d'horreur auxquelles ils sont confrontés en entrant dans la salle de triste spectacle. Les terroristes ont tiré en rafale, à l'aveugle, ont déchiqueté les membres qui ne tiennent plus que par des lambeaux de chair. Igor : « J'ai vu beaucoup de personnes présentant des blessures graves, certaines m'ont marqué plus que d'autres. Une femme dont une joue avait été arrachée par un projectile, une autre dont la poitrine était éclatée, semblable à une orange éclatée en deux, un homme dont le sang giclait de son cou. Les tirs à l'arme de guerre font des dégâts terribles. J'ai dû participer à l'évacuation d'une bonne vingtaine de personnes, avec les moyens du bord, souvent sur des barrières de chantier qui avaient été trouvées à proximité. On les emportait rue Oberkampf, vers les pompiers. Ces allers-retours avec les victimes m'ont paru interminables. » Stéphanie : « Je ne sentais pas ma force, sans doute décuplée par l'adrénaline. C'était étrange, j'avais l'impression de me regarder intervenir, d'être spectatrice de mon corps qui faisait les choses machinalement. »

Le ballet des ambulances et des hélicoptères durera encore longtemps. Les évacuations sanitaires s'achèvent à 2 h 41, pour un bilan provisoire de quatre-vingt-cinq personnes décédées (dont les trois kamikazes), cinq autres mourront à l'hôpital des suites de leurs blessures, trente-six urgences absolues et trente-deux urgences relatives.

Pour tous ceux qui sont allés au front ce soir-là, il faut un peu de temps pour que la tension retombe. Erwan a appelé Paul et Pierre, ses deux collègues de la BAC de Saint-Maur, pour qu'ils le rejoignent. Les nerfs sont encore à vif. « Je suis allé à leur rencontre, on s'est fait des accolades, heureux de se retrouver en vie. C'est là qu'on a vu une silhouette dans un fourré. On a tous les trois braqué nos armes dans sa direction et intimé l'ordre de se montrer les mains en l'air. C'était juste un photographe qui tentait de prendre des clichés; on l'a fait sortir du périmètre de sécurité. » Toni reste un moment sur les lieux. « Une fois l'assaut terminé, je mourais de soif, j'avais envie d'un coca bien frais. Je me suis dirigé vers la terrasse d'un bar où des blessés étaient soignés. J'ai reconnu sur place l'homme aux dreadlocks torse nu du passage Amelot. Je lui ai demandé : "Mais qu'est-ce que tu foutais ?" Il m'a regardé et m'a dit : "C'était toi le policier à l'angle qui a fait feu ?", j'ai dit "oui", il m'a lancé : "Je peux te faire un câlin ?" On s'est pris dans les bras. Je lui ai redemandé ce qu'il faisait. Il m'a dit : "J'avais décidé de ne pas laisser cette fille." J'ai dit : "Mais c'est qui ?" Il m'a répondu : "Je ne la connais pas, je passais par là, des gens sortaient du Bataclan en courant, j'entendais des coups de feu dans la salle, j'ai vu cette fille au sol. J'ai mis mon sweat-shirt sur elle et j'ai commencé à la tirer par son blouson pour l'évacuer. Elle était blessée, il n'était pas question que je la laisse." Il m'a expliqué aussi qu'il m'avait bien fait un signe de victoire après mon tir. Il pensait que j'avais fait mouche sur le terroriste. La jeune fille qu'il a secourue a survécu. Le bar étant encombré de blessés, je suis ressorti.

« Des collègues sont arrivés avec des boissons. J'ai eu mon coca. Vers 4 heures du matin je vois sur mon téléphone de nombreux appels en absence. J'ai appelé ma mère. Une sonnerie et elle a décroché. Elle regardait les infos. Elle m'a juste dit "t'as rien ? Tes collègues non plus ? T'as fait ton boulot ! Va te coucher ! On s'appelle demain". Quelques jours plus tard, j'apprends qu'un collègue qui avait pour mission de tenir les badauds à distance du Bataclan a viré Abaaoud à coups de pompe, sans le reconnaître sur le moment, il était revenu en curieux devant la salle après l'assaut de la BRI. »

En effet, l'enquête a pu démontrer grâce à la géolocalisation que le téléphone mobile d'Abdelhamid Abaaoud a borné dans la zone du Bataclan après l'assaut de la BRI. Il a tout d'abord été détecté à Montreuil à 22 h 05 après les attentats commis sur les terrasses à Paris. Puis près de la station de métro Croix-de-Chavaux à 22 h 15. Il rejoint ensuite, en empruntant la ligne 9 du métro, la place de la Nation à Paris à 22 h 28. Enfin, il est géolocalisé rue Saint-Ambroise dans le 11e à 00 h 28, donc dans le secteur du Bataclan. Selon le procureur François Molins, Abaaoud aurait été présent au même moment que François Hollande, alors même que l'assaut de la BRI n'était pas encore mené à son terme. Abdelhamid Abaaoud était porteur d'une ceinture explosive tout comme son complice Chakib Akrouh qui l'accompagnait. Tous deux mourront lors de l'assaut lancé par le RAID dans leur cache à Bobigny, trois jours plus tard.

Pour les policiers, cette nuit d'horreur touche à sa fin.

Isabelle : « Nous sommes tous les quatre dans la voiture. Épuisés, terrorisés. Cette nuit nous a changés. Nous ne le savons pas encore mais nous ne serons plus jamais les mêmes. Notre service se termine, pas de débriefing prévu, ni de soutien. Je dépose mon arme à l'armurerie avant de rentrer chez moi. Contrairement à maintenant, en 2015, les stagiaires étaient tenus de laisser leur arme individuelle au service. La règle a évolué depuis les attentats. Je monte dans ma voiture. À chaque angle de rue, j'ai peur de tomber nez à nez avec un terroriste. Je roule, j'essaye de ne pas m'arrêter. J'arrive devant chez moi le cœur qui palpite, j'attends que le portail s'ouvre. Je me gare, je regarde autour de moi, je sors et je cours jusqu'à mon immeuble. J'ai peur de prendre une balle. »

Tony : « Mon équipage est entré durant l'intervention de la BRI. Ils ont vécu le tri des “victimes” par le médecin de la BRI. Je n'ai pas vécu ça, je ne le regrette pas. Je me rappelle le visage de mes collègues avant et après. Leur visage avait changé en une nuit, les yeux grands ouverts, visages blancs : jusque-là joyeux et déconneurs, ils reviennent de la guerre tout pâle. On se rend compte qu'il aurait suffi d'un rien pour qu'on y passe. On réalise qu'on n'est pas dans un film. »

Stéphanie : « Une fois les évacuations terminées, on a eu instruction de regagner notre service, il était aux environs de 4 heures du matin. On n'a échangé aucun mot dans la voiture. J'en ai profité pour envoyer un texto à ma mère “on a fini le boulot, je vais rentrer tard, tout va bien”. Mon uniforme était plein de sang à moitié séché, il avait gardé cette odeur caractéristique de fer. Je l'ai mis directement dans un sac-poubelle et m'en suis débarrassée dans un container. Pas question de le porter à nouveau.

« Je me sentais épuisée, je n'arrivais plus à réfléchir, j'étais sans énergie, je ne pensais plus à rien, je ne ressentais rien de particulier. Je suis rentrée seule en voiture direction le Val-de-Marne où j'habitais. En chemin je n'ai pas écouté les infos, j'ai mis de la musique. Arrivée à la maison, j'ai allumé la télé et je me suis branchée sur les infos. J'ai alors vu les images de la fusillade dans la rue, les tirs de kalachnikov, les tirs de riposte du collègue avec le fusil à pompe. J'ai dû rester une demi-heure bloquée devant les infos. J'ai relié à ce moment-là les images à tous les bruits que j'avais entendus depuis l'appartement où je me trouvais avec mon collègue et les blessés. J'ai alors vraiment pris conscience de ce qui s'était passé. L'impensable s'était produit ce soir-là. Le bandeau déroulant de la chaîne infos indiquait le nombre de morts. J'ai pleuré, sans doute la colère, l'énervement, la fatigue, la tension qui redescendait, je ne comprenais pas qu'on puisse faire ça, tuer autant de gens. »

Igor : « Une fois l'évacuation terminée, les collègues ont commencé à quitter les lieux chacun de son côté. La BRI était déjà repartie. Je ne sais plus quelle heure il était mais c'était tard dans la nuit. On s'est retrouvés avec Guillaume et Rodolphe. On était tous les trois sous le choc, comme anesthésiés par la fatigue et l'horreur à laquelle on avait été confrontés. J'ai dit à mes deux coéquipiers qu'on avait bien bossé, qu'on avait fait ce qu'il fallait. Puis on a regagné notre véhicule qui était stationné à proximité. Je trouvais dommage qu'il n'y ait pas eu un moment de recueillement ou plutôt de solidarité sur place, entre tous les policiers intervenants, avant de quitter les lieux. J'aurais apprécié de me retrouver un instant avec tous les collègues, après ces moments de folie furieuse. On est rentrés au service il était 4 h 35. Les collègues de la brigade de nuit sont estomaqués de savoir que l'on revenait du Bataclan. Ils nous demandaient si ça allait, tous avaient un regard compatissant envers nous. Je ne me suis pas attardé. J'ai regagné le vestiaire pour me changer et là j'ai vu que mon uniforme et mes chaussures étaient imprégnés de sang. J'ai tout mis dans un sac tel quel. Puis je suis rentré chez moi, j'habitais en banlieue. Je suis arrivé à la maison, il était presque 7 heures. J'ai jeté mes chaussures de travail à la poubelle. Je ne sais plus à quel moment mais je me suis rendu compte que durant tout le temps de mon intervention je n'avais pas pensé ni à appeler ni à envoyer un message à ma femme ou un autre membre de ma famille, tellement j'étais pris dans le feu de l'action. Je me suis glissé au lit, ma femme s'est réveillée, elle pensait que je me levais pour aller au boulot. Elle n'avait pas vu les infos de la soirée. Je lui ai dit que j'étais en intervention sur un attentat, que je lui en parlerai plus tard parce que là j'étais très fatigué. Je lui ai conseillé de regarder la télé en attendant. Je me suis écroulé. »

En l'espace d'une soirée, le Bataclan, autrefois symbole de fête et de joie, est devenu le mémorial de l'une des nuits les plus sombres de l'histoire récente de la France.

Dix ans après

Dix ans après les attentats du 13 novembre 2015, la police de sécurité publique a opéré une transformation profonde de sa stratégie et de ses capacités pour faire face aux menaces d'un terrorisme protéiforme. Cette évolution a été déclenchée par l'échec de la réponse initiale face à l'ampleur des attaques, provoquant un électrochoc national et une remise en question de tous les process. Tous les services, du renseignement à la police secours, ont vécu des transformations et des réformes en profondeur.

Les changements sont encore plus visibles et plus radicaux pour les policiers du quotidien. Avant 2015, la doctrine dominante préconisait l'établissement d'un périmètre de sécurité et l'attente des unités spécialisées telles que le RAID, le GIGN ou la BRI. Sur le terrain, la nuit du 13 novembre, comme en témoigne cet ouvrage, les policiers de sécurité publique ne se sont pas contentés de respecter ce schéma préétabli.

En effet, la nature des attentats du 13 novembre, caractérisée par des tueries de masse simultanées et des assaillants mobiles, a souligné la nécessité d'une réponse immédiate des premiers arrivés, en l'occurrence les effectifs de la sécurité publique. La doctrine d'intervention a radicalement changé pour les primo-intervenants. L'objectif est désormais de neutraliser les assaillants le plus rapidement possible afin de sauver des vies, même par les premiers policiers arrivés sur les lieux. Cette nouvelle approche vise à figer la situation d'urgence et à minimiser le nombre de victimes sans attendre l'arrivée des forces d'élite. Les policiers sont désormais formés à ne plus hésiter à « engager le combat directement avec la menace ». Le concept de « tuer le tueur » est devenu un axe majeur des entraînements, avec des simulations d'attaques complexes et multisites préparant à des décisions rapides sous une pression extrême. L'objectif est de réduire au maximum le délai entre l'attaque et la neutralisation de la menace par les premiers policiers. Ils passent du statut de « premier arrivé » à celui de « premier répondant armé ». À cet effet, l'arsenal juridique a évolué dans le même temps, notamment avec l'article L. 435-1 du code de la sécurité intérieure, loi de février 2017, qui en son alinéa 5 autorise pour les policiers (et gendarmes) l'ouverture du feu pour mettre fin à un périple meurtrier.

Parallèlement à la révision des doctrines d'intervention, un renforcement de la formation et de l'équipement a été mis en œuvre. La formation des policiers s'est intensifiée sur des techniques de tir en situation de stress et l'entraînement au contact et riposte. Des modules spécifiques TDM ont été intégrés à la formation initiale et continue, incluant des tactiques d'intervention en milieu hostile, la maîtrise de l'armement lourd et le secourisme tactique. Sur le plan matériel, la police de sécurité publique est désormais dotée d'armes longues capables d'affronter des kalachnikovs (fusils d'assaut de type HK G36 et UMP 9), de munitions plus performantes et de protections individuelles renforcées (gilets pare-balles plus résistants, casques lourds, boucliers balistiques). Les véhicules de patrouille peuvent être équipés de fusils d'assaut ou de pistolets-mitrailleurs, en complément des pistolets de service.

Les véhicules administratifs standards n'étaient pas adaptés au transport de certains équipements lourds comme les boucliers balistiques. Le parc automobile a été renouvelé pour garantir de meilleures conditions de travail et de sécurité. Cela a été réalisé dans l'année qui a suivi les attentats du 13 novembre.

En outre, une formation approfondie en secourisme tactique est dispensée pour prodiguer les premiers soins vitaux. La coordination entre les différents services (police, gendarmerie, pompiers, Samu) a été considérablement améliorée grâce à des exercices réguliers et la mise en place de procédures communes, visant une meilleure fluidité des informations et une synchronisation des actions.

Si un événement similaire aux attentats du 13 novembre 2015 venait à se produire aujourd'hui, l'intervention des policiers de sécurité publique serait bien plus entreprenante et offensive. Ceux-ci seraient des acteurs clés situés en première ligne, formés et équipés pour opérer avec efficacité avant l'arrivée des services d'élite. Ils auraient un objectif clair : neutraliser la menace et sauver des vies. Cette transformation institutionnelle reflète une approche beaucoup plus combative et autonome face aux situations d'attaque terroriste. Un changement de stratégie plébiscité par les gardiens de la paix.

Ainsi que le soulignent les députés Georges Fenech et Sébastien Pietrasenta dans leur rapport parlementaire postattentats, il est désormais loin le temps où un exercice réalisé par les pompiers de Paris et le Samu, le matin même du 13 novembre 2015, avec un scénario de quatre commandos dispersés sur dix sites simulant un bilan de 66 morts, « était jugé excessif par certains participants ».

Pierre, brigadier-chef, Le Havre, 39 ans :

« Aujourd'hui, je ressens encore de la frustration de ne pas avoir pu empêcher ça, pas seulement moi, mais collectivement : comment a-t-on pu ne pas le voir arriver ? Je ne comprends toujours pas comment ça a pu advenir, cette question reste sans réponse pour moi. Quand j'y repense aujourd'hui, je me dis que j'aurais vraiment préféré être dans l'affrontement avec ces terroristes, plutôt que d'avoir fait ce que j'ai pu pour les victimes. Encore maintenant, en pensant au 13 novembre, j'ai un sentiment d'inutilité, de défaite et d'humiliation.

« Il n'y a pas un jour sans que je pense à cette nuit. J'ai des images de cadavres qui me reviennent, sans que je puisse le contrôler. Notamment celui de la jeune fille qui se vidait de son sang à chaque fois que j'exécutais le massage cardiaque. Ou encore de tous ces corps qui ont été sortis des deux brasseries.

« À la suite de cette expérience traumatisante, j'ai vu et expérimenté des évolutions institutionnelles significatives concernant la formation, l'équipement et l'entraînement des primo-intervenants face à une tuerie de masse. Avant le 13 novembre, le manque flagrant de formation et d'équipement en premiers secours pour les policiers était criant, et mon expérience personnelle l'a tragiquement confirmé. De même, l'armement était inadapté face à des attaques à l'arme automatique, me laissant démuni et frustré.

« Aujourd'hui, quand je travaille, j'ai toujours une trousse de secours personnelle sur moi, ce qui me permettrait de faire un garrot au besoin ou poser un pansement compressif. Ce qui m'avait fait défaut le 13 novembre. J'ai toujours une arme longue dans le véhicule de patrouille, un HK UMP 9. Cette mesure répond directement au manque que j'avais identifié à l'époque. Lorsque j'interviens sur un conflit avec une notion d'arme à feu, je repense au 13 novembre et je me tiens prêt comme si j'intervenais sur un attentat. Je ne suis pas paranoïaque, mais je suis plutôt préparé à faire face au pire. Ce changement d'état d'esprit et de préparation opérationnelle, bien que personnel, est sans doute le reflet d'une prise de conscience plus large qui, je l'espère, contribuera à éviter de revivre une telle impuissance.

« Mon père a échappé de peu aux attentats de la station Saint-Michel du 25 juillet 1995. Ce jour-là, il avait été retenu au travail et s'apprêtait à entrer dans la station qu'il empruntait quotidiennement, lorsque l'explosion a retenti. Je me souviens de ses mots. Il m'a dit : “Les images que tu as vues le soir du 13 novembre 2015, tu ne les oublieras jamais.” Il faisait sans doute référence à sa propre expérience. Quoi qu'il en soit, il avait raison.

« Juste après la nuit des attentats, nous avons eu très rapidement une réunion de débriefing avec notre hiérarchie. Notre commandant au début de ce retex avait lancé la discussion : “Je ne sais pas à quoi ressemble l'enfer, mais on ne doit pas en être très loin.” Il avait tout dit…

« Chacun a pu s'exprimer, raconter ce qu'il avait fait cette nuit-là et ce qu'il avait vu. J'ai dit que j'avais passé mon temps à tenter de prodiguer des soins sur les victimes, alors que ce n'était pas notre mission première, et qui plus est, sans aucun équipement de premiers secours.

« J'ai souligné ma frustration de ne pas avoir pu faire mon travail de flic. J'ai dit que cette nuit-là, c'était une défaite pour nous autres, les forces de sécurité publique, face au terrorisme. J'aurais préféré être dans l'affrontement physique avec les terroristes, quitte à y laisser ma peau, vu le faible équipement en protection et en armement en notre possession, mais on aurait pu tout au moins les ralentir et, peut-être, sauver plus de gens.

« Sauver plus de monde, dont la plupart étaient très jeunes, des gamins pour moi qui approchais déjà les 30 ans, plutôt que de passer mon temps à trier des victimes, presque à décider qui doit vivre, qui doit mourir. Ce soir-là, j'ai été confronté à une véritable scène de guerre et je n'étais en rien préparé à faire face à autant de victimes mutilées.

« Après les attentats, pour mon intervention du 13 novembre, j'ai été décoré d'une médaille de la sécurité intérieure. Je ne fais pas apparaître cette décoration sur ma tenue d'uniforme, je considère que c'est une tenue de travail et non d'apparat.

« Mais aussi parce que le 13 novembre a été le pire moment de ma vie de policier, je préfère passer à autre chose et essayer d'oublier. Malgré tout, je suis sûr que si je n'avais pas travaillé ce soir-là, j'aurais été encore plus frustré. C'était mon devoir de policier d'être présent pendant ces attentats, c'est comme ça que je le ressens.

« Au lendemain des attaques, lorsque nous sortions en intervention, nous avions constamment l'arme à la main ou tout au moins la main sur l'arme, prêts à riposter. Je me souviens avoir reçu au service des gilets pare-balles lourds, mais aucune arme longue de type pistolet-mitrailleur. Je trouvais ça absurde : l'Administration prenait en compte le risque de nous faire tirer dessus mais ne nous donnait aucun moyen de riposter face à une attaque à l'arme automatique…

« Je me suis rappelé qu'après l'attaque de *Charlie Hebdo*, je m'étais dit qu'on ne pouvait pas commettre pire sur notre territoire. Cette pensée m'est revenue en boomerang. Sans parler des jeunes des cités qui, à notre passage, en guise de provocations, mimaient des tirs dans notre direction ou levaient les mains en disant "c'est bon chef, c'est bon chef" en référence aux suppliques de notre collègue Ahmed Merabet face à son bourreau (policier tué par les frères Kouachi lors de l'attentat contre *Charlie Hebdo*, le 7 janvier 2015, N.d.A.). Écœurant.

« Par la suite, j'ai changé de service. J'ai travaillé à la brigade anticriminalité de Corbeil. Aux Tarterêts à Corbeil-Essonnes, les délinquants, très nombreux, n'avaient absolument pas peur de nous. On se faisait "caillasser" sans arrêt, certains tentaient de nous sortir de force des véhicules de police lorsqu'on s'arrêtait dans la cité. Il y avait une confrontation permanente. À chaque fois que je commençais mon service, j'avais la crainte d'être blessé. Malgré tout, je garde un bon souvenir du temps passé à la BAC à Corbeil, mais j'avais le sentiment que ce territoire était perdu pour la République. »

Émilie, brigadier-chef, PJ, Essonne, 40 ans :

« Dix ans après, j'ai peu de souvenirs précis, mais j'apprends à vivre avec les phases les plus marquantes et indélébiles. Il y a quelques semaines, au stand de tir, le formateur nous a dit : "Imaginez, vous êtes au Bataclan, le commissaire Cardy tient sa cible à 28 mètres pensez-y. Vous, au stand, vous êtes placés à 25 mètres, imaginez votre sentiment d'impuissance!" Là, je suis sortie du stand pour souffler, j'avais les larmes aux yeux. Je me suis remémoré le 13 novembre, car il avait pointé notre impuissance. C'est tellement ça. On aurait tous rêvé d'avoir des G36 ce soir-là, des fusils d'assaut qui tirent 750 coups à la minute. Nous n'avons été équipés qu'après les attentats de novembre.

« Récemment, j'étais sur une formation tuerie de masse (TDM) où on avance à plusieurs en réalisant des gestes techniques, on doit savoir déterminer la cible, viser la tête par exemple. Rien de tout cela n'était possible avec notre arme de service en dotation en 2015. On est bien mieux armés aujourd'hui.

« Les policiers de sécurité publique ont vu leur armement s'améliorer. Avant 2015, certains effectifs ne disposaient que de leur gilet individuel et de leur arme de poing. Désormais, des fusils d'assaut et pistolets-mitrailleurs, comme les HK, sont plus largement disponibles pour les unités d'intervention et, pour certaines, pour les patrouilles classiques. Ces armes permettent une puissance de feu accrue face à des menaces lourdement armées.

« Des gilets pare-balles plus performants et des boucliers balistiques sont devenus plus courants. Avant 2015, les boucliers balistiques étaient souvent empruntés à d'autres services ou n'étaient pas adaptés aux véhicules de patrouille.

« Je pense que des attentats de ce type peuvent se reproduire. Il y a très peu de contrôle aux frontières. C'est un tellement gros travail pour le renseignement, on se demande si les agents sont suffisamment nombreux pour éviter que cela se reproduise. Je n'ai pas la réponse.

« En intervention, je repense parfois au 13 novembre. Juste après le Bataclan, je n'avais pas peur. Un gars armé nous avait menacés, et je n'avais pas du tout eu peur. Ma réaction m'a déstabilisée. Ne pas avoir peur quand on te met en joue, je trouve que c'est dangereux. Cela signifie qu'on accepte de mourir ou, en tout état de cause, qu'on serait prêt à mourir. »

Laurent, brigadier-chef, Villeurbanne, 40 ans :

« J'ai été confronté à la mort dès mes premiers pas dans la police. Quand j'étais ADS à Lyon, alors que je venais de finir ma première vacation de nuit, vers 5 ou 6 heures du matin, j'ai entendu un grand bruit sourd. Un homme venait de se défenestrer du 6e étage de l'immeuble voisin et avait fini sa chute sur le trottoir à cinq mètres de moi, face contre sol. J'étais sous le choc. C'était le premier mort que je voyais en tant que policier. À quelques mètres près, il aurait pu me tomber dessus. Quand on est en police secours, la mort fait presque partie du quotidien.

« On en voit de toutes sortes, mais en général un seul à la fois.

« Mes derniers jours à la BST, après la soirée du 13 novembre, ont été difficiles émotionnellement parce que ma mission était de sécuriser les secteurs des attentats et notamment celui où j'étais intervenu.

« C'était assez éprouvant, j'étais encore fatigué et beaucoup de personnes venaient nous remercier lors de nos sécurisations.

« Une certaine tension régnait parmi la population, on voyait bien que beaucoup de monde était en panique au moindre bruit suspect. Des mouvements de foule se créaient pour un rien. Nous-mêmes étions constamment en hypervigilance, nous prenions nos armes à la main plusieurs fois par jour, à la moindre alerte. On était fréquemment requis par des gens qui pensaient avoir vu un terroriste.

« Le 15 novembre, soit deux jours après les attentats, j'ai eu envie d'aller déposer un bouquet de fleurs à La Bonne Bière. J'en ressentais le besoin. J'en ai parlé au boulot et François, un collègue, a tout de suite dit qu'il m'accompagnerait.

« Nous étions en uniforme, lorsque nous sommes arrivés devant l'établissement ; je tenais le bouquet à la main.

« Il y avait pas mal de monde, les gens venaient se recueillir devant le bar.

« Je me suis approché avec François et j'ai déposé les fleurs.

« Nous sommes restés quelques secondes puis j'ai vu François pris par ses émotions. Il s'est tourné vers moi, m'a pris dans ses bras et a posé sa tête sur mon épaule. Je l'ai senti sangloter.

« Sans doute dans un réflexe de pudeur professionnelle, un policier se doit d'être fort en public, je me souviens lui avoir dit “pas ici François, ce n'est pas l'endroit” sans pour autant que ce soit un reproche ; je comprenais parfaitement son émotion.

« J'ignorais qu'au même instant un photographe professionnel se trouvait sur les lieux. Il en avait profité pour immortaliser cet instant. Cette photo a fait le tour des réseaux sociaux et même du monde. Il m'arrive de regarder encore aujourd'hui ces clichés avec une certaine émotion.

« Malgré ma motivation pour le métier, je n'arrêtais pas de penser à cette nuit du 13 novembre, j'étais en colère, en boucle sur les événements, je culpabilisais de ne pas avoir fait davantage. Des images me revenaient régulièrement, j'en rêvais la nuit, ça me tourmentait. J'ai démarré une thérapie en 2016, j'ai consulté un psychologue pendant deux mois, ça a été positif, ça m'a permis d'extérioriser ce qui me perturbait, de dénouer certaines choses, d'accepter l'idée que ça s'était passé ainsi et que je ne pouvais rien y changer, d'arrêter de culpabiliser.

« En parallèle, l'équipe de la BAC que j'avais intégrée après avoir quitté la BST m'a permis rapidement de passer le cap, on en parlait souvent entre nous. Ils étaient intervenus sur La Belle Équipe, on avait donc beaucoup de points communs. Il s'est créé entre nous un esprit de cohésion assez fort.

« Je me souviens avoir reçu une prime attentat en récompense de mon intervention du 13 novembre. Je n'ai rien eu d'autre.

« J'ai quitté la BAC du 12e arrondissement de Paris en mars 2019 pour rejoindre Lyon. J'avais envie et besoin de me rapprocher de ma famille, mes parents, mon frère.

« Pendant les JO 2024 je suis venu en renfort à Paris. Je suis retourné à La Bonne Bière. J'avais besoin de revoir ce lieu, l'endroit où je m'étais caché, où j'avais cru que j'allais y passer, de penser aux victimes. C'était important pour moi d'y revenir, comme une sorte de pèlerinage.

« Peu de temps avant mon départ de Paris pour Lyon en 2019, avec un ami, j'avais réalisé un parcours à pied qui passait par tous les lieux des attentats le soir du 13 novembre. À l'exception du Bataclan. C'est une salle où j'appréciais d'aller entre amis. D'ailleurs j'y étais à peine quinze jours avant les attentats; à quinze jours près...

« Je n'y suis jamais retourné depuis, je ne suis pas près d'y remettre les pieds.

« Au quotidien, je ne pense plus aux attentats, en dehors des dates anniversaires ou de certaines actualités, comme l'explosion d'une bombe artisanale en mai 2019 rue Victor-Hugo à Lyon. Ça faisait à peine trois mois que j'étais muté. Je me suis imaginé le pire.

« J'ai juste gardé une habitude depuis l'assassinat du couple de policiers à leur domicile en juin 2016 à Magnanville : lorsque je quitte mon service, je vérifie toujours tout autour de moi.

« Que me reste-t-il de novembre 2015 aujourd'hui ? Une certaine frustration. C'était tellement terrible. Le fait d'en parler me fait remonter ce sentiment de regret, celui de ne pas être arrivé avant ; peut-être aurait-on pu stopper les terroristes.

« Je ne peux pas dire que je suis fier ou satisfait d'avoir été présent sur les lieux, car, au final, je n'y vois rien de positif. Le visage de ce jeune homme blessé par balle, devant lequel j'étais accroupi, qui a cessé de respirer devant moi s'est enregistré dans ma mémoire, à jamais. »

Julie, brigadier-chef, Vendée, 38 ans :

« Pour mon intervention le soir des attentats, j'ai été récompensée d'un avancement exceptionnel d'un échelon et j'ai été décorée d'une MSI, médaille de la sécurité intérieure. J'ai également reçu une prime. Mais, selon moi, ceux qui méritaient vraiment d'être récompensés, d'être reconnus, étaient mes collègues du 3e arrondissement qui se sont fait tirer dessus (Émilie, Julie, Raphaël...). Moi, j'avais juste le sentiment d'avoir fait mon travail.

« Dix ans après, l'expérience au Bataclan m'a apporté une certaine confiance en moi ; je me dis que j'ai vécu le pire et que je n'ai plus rien à prouver. En intervention je suis plus sereine aujourd'hui, bien que j'y pense souvent, mais sans avoir peur.

« Toutefois, mon rapport à la mort en intervention a changé. D'autant que je suis maman d'un petit garçon né en 2023. Je me dis souvent : "imagine que tu meures demain…, comme tant de personnes sont mortes brutalement ce soir-là.

« J'y pense sur les gros événements, lorsqu'il y a de la foule, je me dis que les lieux seraient propices à un attentat, je ne peux pas m'empêcher d'y songer dans ces moments particuliers.

« Par contre, il m'est encore impossible de participer à une formation TDM. Je n'y arriverais pas, je ne suis pas encore prête. »

Jean-Baptiste, major, Essonne, 47 ans :

« Quand je suis rentré, un de mes fils m'a dit : "Maman a pleuré toute la soirée." La nuit du 13 novembre avait été compliquée pour ma femme et mes trois enfants.

« Je me demande parfois ce que mes enfants retiendront de tout ça. Ce qu'ils comprendront, plus tard. Je leur ai dit la vérité. Pas tout. Pas les détails. Mais l'essentiel : papa était là, le soir des attentats. Il a fait ce qu'il a pu. Et il est encore là, prêt à faire face.

« Je n'arrivais plus à dormir. Chaque nuit, quand je fermais les yeux, les images revenaient. Le bruit sec des balles. Je me lève, je tourne en rond, je m'assois au bord du lit. Ma femme ne dit rien. Elle sait. Elle attend. Elle est là, silencieuse, forte. Et c'est elle qui me tient debout, même si je ne le lui dis pas.

« Dix ans après, il y a toujours cette pensée qui me vrille : on s'en est voulu de ne pas avoir emmené les blessés à l'hôpital. On attendait les pompiers alors que l'hôpital Saint-Louis était juste à côté de La Bonne Bière, du Carillon et du Petit Cambodge. Ça me travaille encore, longtemps après.

« Cette fille qui meurt dans les bras de mon collègue : je me dis que si on l'avait chargée dans mon véhicule, je l'aurais déposée aux urgences de Saint-Louis et que son destin aurait été différent. Peut-être, peut-être pas. Cette histoire me hante encore.

« On n'a pas l'habitude de voir des blessures de guerre. Les terroristes ont tiré sur des gens assis en train de boire un coup. C'est un massacre de personnes sans défense.

« Je n'ai pas eu un jour d'arrêt. Je me tenais prêt dès le lendemain. Je me disais : "Si ça recommence, je ne me vois pas manquer à l'appel et laisser les collègues sans moi face au danger."

« Je me souviens des blessures, celles que même les compressions n'arrêtent pas. On essaie de réanimer et les pompiers n'arrivent pas assez vite à nos yeux. Il y a un collègue qui porte un homme dans ses bras. Il a une blessure béante à la cuisse. Un homme touché à la hanche est secouru et sauvé par d'autres collègues. Et ça, c'est une petite victoire, une étincelle dans cette nuit sombre.

« Je retourne sur les lieux quelques jours plus tard. Il le faut. Pour boucler quelque chose en moi. Pour mettre des images sur mes souvenirs, vérifier que ce n'était pas un cauchemar. La Bonne Bière est barricadée. Des fleurs s'entassent. Des messages. Des bougies. Le trottoir sent encore la poudre, ou peut-être est-ce dans ma tête. J'ai du mal à respirer. Je m'appuie contre un lampadaire. Je ferme les yeux. Et tout revient. Une odeur. Un cri. Une vibration dans une poche. Un souffle coupé.

« Aujourd'hui, je suis mieux préparé. J'ai mon propre matériel. Je sais que je ne peux plus compter seulement sur les dotations. J'ai tiré des leçons. Depuis, j'ai équipé ma voiture. J'ai des garrots, des pansements hémostatiques, des ciseaux, des gants. Je me dis que ça peut sauver une vie. Et ça, c'est déjà immense. Je suis prêt. Pas serein, jamais. Mais prêt si ça recommence.

« Les jours passent. Les cérémonies s'enchaînent. Les médailles, les discours, les silences. On nous appelle les héros du 13-Novembre. Mais moi, je ne me sens pas un héros. Je me sens vide. Coupable de n'avoir pas pu sauver plus de vies. D'avoir hésité. D'avoir eu peur. J'apprends que certains collègues ont demandé des mutations. D'autres sont en arrêt. Moi, je reste. J'encaisse. Je me dis que je dois transformer cette nuit-là en force. Alors je forme. Je parle aux jeunes, je leur dis ce que j'aurais voulu qu'on me dise : “Soyez prêts. N'attendez pas. N'hésitez pas.”

« Un jour, un jeune collègue me demande si j'ai peur. Je le regarde. Et je lui dis : “Oui. Mais ce n'est pas grave. La peur, c'est normal. Ce qui compte, c'est ta façon de réagir face à elle.”

« Je pense souvent aux victimes. Pas seulement celles que j'ai vues. Je les porte avec moi. Comme un poids. Comme une dette.

« Et puis il y a les anniversaires. Chaque 13 novembre, je ressens une tension dans le corps. Même si je suis en repos. Même si je suis loin. C'est comme une mémoire physique. Quelque chose qui serre. Je me souviens. Toujours.

« Sur les Jeux olympiques en 2024, j'ai dit à mes collègues : en cas d'attentat, priorité aux victimes.

On n'attend pas. On transporte. On fait des allers-retours si on le doit. On ne laisse plus personne derrière. C'est ma leçon du 13 novembre. Celle que je n'oublierai jamais.

« J'ai quitté le 10e arrondissement en 2022. Mais on ne tourne pas la page d'une tragédie pareille. On la garde ouverte. On y revient, parfois, sans le vouloir.

« Je me demande ce que mes enfants retiendront de tout ça. J'ai aidé les autres, tous les autres avec peu de moyens mais beaucoup de volonté. »

Julien, brigadier-chef, BAC 94 N, 44 ans :

« Mon expérience passée dans l'armée, notamment au 27e bataillon de chasseurs alpins, où j'ai servi comme tireur d'élite lors d'opérations extérieures périlleuses en Bosnie, au Kosovo, en Côte d'Ivoire et en Afghanistan, m'avait déjà confronté à la guerre et aux tirs de kalachnikov. L'armée, à l'époque, était très organisée pour le soutien psychologique.

« Mais rien ne m'avait préparé à ce que j'ai vécu le 13 novembre 2015 à Paris. Ce soir-là, alors que j'étais en patrouille, des rappels de vigilance étaient mon quotidien. Je gardais en souvenir l'assassinat d'Ahmed Merabet, un copain qui jouait au foot avec nous, dont la vidéo de ses suppliques avant d'être abattu m'avait écœuré. Je me suis retrouvé face à des scènes de guerre, en plein cœur de la capitale, et le sentiment de culpabilité de ne pas avoir pu empêcher ce qui arrivait m'a envahi. Je me disais que nous n'avions servi à rien, nous n'avions même pas de matériel de secours dans notre véhicule.

« Dix ans plus tard, la situation a radicalement changé pour les primo-intervenants. Aujourd'hui, en 2025, nous disposons d'une trousse de secours personnelle, ce qui m'avait fait défaut le 13 novembre. J'ai aussi toujours une arme longue, un HK, dans le véhicule de patrouille. Cela nous offre un moyen de riposter face à des armes automatiques, contrairement à 2015 où nous avions des gilets pare-balles lourds mais pas d'armes longues.

« Après les attentats, une proposition de soutien psychologique m'a été faite, mais je n'y ai pas donné suite immédiatement. Je me souviens de ma fille de 5 ans, qui, après la minute de silence à l'école en mémoire des victimes, m'avait demandé : “Tu as vu des morts? Tu es triste?” Le plus triste, c'est qu'elle ait elle-même connu ça.

« Aujourd'hui, quand j'y songe, j'éprouve un sentiment partagé. Je regrette de ne pas avoir été confronté aux terroristes, même si je sais que j'y serais resté. Humainement, cette nuit a été très dure. Je n'oublierai jamais ces deux jeunes filles, celle qui m'avait pris la main et celle dont le compagnon ne répondait plus au téléphone.

« Je pense que si une situation similaire devait se produire, nous serions bien mieux équipés, mieux armés. Nos protections individuelles sont bien plus efficaces qu'en 2015, nous disposons de boucliers et d'armes automatiques comme les HK. Nous sommes bien mieux préparés grâce aux stages de "tuerie de masse". Nous entrerions plus facilement dans un lieu confiné. Le "plan BAC" de modernisation du matériel s'est concrétisé rapidement, notamment au niveau de l'armement, nous permettant de rivaliser avec des terroristes armés de kalachnikovs.

« Malgré tout, je suis fier de ce que nous avons accompli. Mon expérience m'a appris à ne pas me prendre la tête pour des broutilles, à apprécier mon métier et à compter sur mes collègues. »

Yann, brigadier-chef, PJ, Paris, 40 ans :

« J'aurais été frustré si je n'avais pas travaillé le soir des attentats. Cela m'a conforté et n'a pas remis en cause mon engagement au sein de l'institution policière, bien au contraire. J'étais au bon endroit au bon moment. C'est l'essence même du métier de policier : *pro patria vigilant*, la protection de la patrie et des citoyens. Même si cette soirée a été terrible, c'est à la fois la pire et la plus valeureuse des interventions de police auxquelles j'ai participé.

« Cela fait partie de celles que l'on ne veut pas manquer. Je crois qu'il faut être flic pour comprendre ça. Si cela devait se reproduire, j'y retournerais sans hésiter. Je me sens même moralement plus fort. Les événements de 2015 ont déclenché des évolutions majeures pour les primo-intervenants. Aujourd'hui, en 2025, nous sommes bien mieux formés, équipés, et entraînés pour faire face aux tueries de masse, avec des protocoles et des moyens adaptés qui nous permettraient d'agir plus efficacement.

« Le soir du 13 novembre 2015, j'ai eu le sentiment d'avoir fait mon travail de la meilleure façon possible. Nous avons eu un retex avec la hiérarchie. Nous parlions du Bataclan avec une certaine émotion. C'est un endroit où nous aimions aller faire la fête ; peu de temps avant les attentats, nous y étions pour une soirée années 90. À une semaine ou quinze jours près, nous aurions pu faire partie de la longue liste des victimes.

« Au lendemain des attentats, en patrouille, nous avons redoublé de vigilance, conscients d'un danger potentiel à chaque contrôle de véhicule. Je me souviens avoir contrôlé quatre jeunes dans un véhicule immatriculé en Belgique, venant de Molenbeek. Le contrôle a été assez tendu. Ce climat a duré plusieurs semaines, voire plusieurs mois. Nous sommes restés très professionnels. Il a été difficile de revenir à nos missions quotidiennes “classiques”.

« Dix ans après, je n’ai pas suivi de thérapie, car je n’en ai pas ressenti le besoin. Mais j’ai participé à une étude de l’INSERM sur le choc post-traumatique.

« Je n’ai pas eu de récompense spécifique pour cette nuit-là. J’ai reçu une MSI pour le maintien de l’ordre aux manifestations des Gilets jaunes, mais j’aurais préféré être récompensé pour mon intervention le soir des attentats.

« En mai 2021, j’ai quitté le commissariat du 10ᵉ pour le 2ᵉ DPJ, où j’ai retrouvé des amis. J’adore ce que je fais, le travail y est organisé et planifié, même si le terrain me manque un peu. Sur la voie publique, il faut s’adapter sans cesse, improviser, et l'adrénaline est différente. Je suis resté en contact avec mes amis de l’époque, nous sommes liés à vie ! »

Toni, major, BAC 94 N, 50 ans :

« Le 13 novembre, ce n’est pas la première fois que j’ai été confronté à des morts horribles. Jeune policier adjoint à Créteil quand j’ai débuté, j’étais intervenu au domicile d’un homme qui avait décapité sa femme : “elle m'avait pris la tête... je lui ai pris la sienne”, s'est-il justifié en toute décontraction au moment de son interpellation.

« Mon parcours a été jalonné d'interventions marquantes, comme cette nuit de Pâques 2015 où, avec mes coéquipiers Olivier et Nico (le même équipage que le 13 novembre), nous avons découvert du TATP lors d'un contrôle, évitant sans doute un attentat sur le parcours du semi-marathon de Paris. Une semaine avant, nous avions justement regardé des fiches d'alerte sur cet explosif.

« Puis, il y a eu le 13 novembre 2015. Durant mon intervention aux abords du Bataclan, je n'ai jamais eu peur pour ma vie. Je n'ai pas eu le temps d'avoir peur, j'étais entièrement focalisé sur ma mission : aucun terroriste ne devait s'échapper. Je garde une certaine fierté d'être intervenu ce soir-là. C'est le genre d'intervention que l'on fait une seule fois dans une carrière, du moins je l'espère. Mes tirs ont empêché que le terroriste ne sorte et ne fasse d'autres victimes à l'extérieur ou parmi nous. Je conserve le sentiment d'avoir fait du mieux possible avec les moyens de l'époque. Cependant, notre intervention, comme celle de tous les policiers présents avant l'assaut final de la BRI, a été en quelque sorte invisibilisée. Sans aucune jalousie envers la lumière mise sur le travail de la BRI, il ne faut pas oublier que beaucoup de choses se sont passées avant son arrivée.

« Aujourd'hui, quand je travaille à la date du 13 novembre, je passe systématiquement au Bataclan pour me recueillir un instant, en pensant aux victimes.

« Seul ce souvenir olfactif de sang, qui revient chaque fois que j'interviens sur une scène où il y a eu des coups de feu, restera ancré en moi à vie, je pense. Quelques années après 2015, j'ai revu l'homme "torse nu" place de la République. J'étais en patrouille, je me suis arrêté, il m'a reconnu et m'a pris dans ses bras. Nous avons discuté un instant, et j'ai vu qu'il était bien marqué par ces attentats. Je ne connais pas son nom, il ne me l'a pas donné, je ne le lui ai jamais demandé, sans doute une forme de pudeur.

« Si je devais refaire cette intervention aujourd'hui, avec les moyens et la formation TDM2 que j'ai acquise désormais, je pense que je formerais une colonne d'assaut et que je pénétrerais dans la salle pour neutraliser les tireurs. Les évolutions institutionnelles en matière de formation, d'équipement et d'entraînement des primo-intervenants sur une tuerie de masse ont été significatives. Nous sommes maintenant bien mieux préparés à faire face à ce type de menace. »

Bérangère, SD 92, 37 ans :

« Face à des kalachnikovs, on ne pouvait sauver personne et on risquait de perdre la vie. Quoi qu'il doive arriver, nous, les policiers de commissariat de sécurité publique, étions perdants. Et pourtant, personne, parmi les primo-intervenants que je côtoie, ne s'est posé la question d'intervenir ou non. Nous y sommes allés : le premier appel radio faisait état de "blessés sur la voie publique". Quand nous nous sommes rendus sur les attentats des terrasses, nous ignorions qu'il s'agissait de terrorisme et d'un carnage fomenté par des djihadistes. Puis une fois sur place, on est dans une bulle, on ne se pose plus de questions. On doit agir et sécuriser pour éviter que le nombre de victimes augmente. C'est ma mission de protéger la société.

« Même si l'un d'entre nous avait douté en son for intérieur, nous sommes trois dans un équipage. Et moi, ce soir-là, en tant que chef de bord, c'était ma mission, je devais motiver mes hommes. Nous aurions pu reculer aussi parce que nous avons constaté notre impuissance. En réalité, toutes ces réflexions viennent après coup. Sur le terrain, on est en mode robot.

« Les jours suivant le 13 novembre, nous étions sous tension permanente. Je me sentais complètement vulnérable sur la voie publique et je me demandais si je devais rester dans la police.

« J'ai participé à deux séances de psy avec le thérapeute de la préfecture de police, des séances que la hiérarchie nous recommandait très vivement. Ensuite, je n'en ai plus ressenti le besoin. En janvier 2016, j'ai sollicité le psy de ma propre initiative et j'ai fait un suivi de trois mois, car je commençais à déprimer. Je ne trouvais plus de plaisir à travailler, et à cette période, je me suis posé plein de questions sur mon avenir.

« Puis l'assassinat d'un couple de policiers devant leur enfant le 13 juin 2016 à Magnanville m'a replongée dans la terreur. Je me suis dit : "Policier, on est en insécurité partout, même chez soi." Nos agresseurs ne dissocient plus notre travail, nos missions, des êtres humains que nous sommes. J'ai vu les psys de la police par la suite, et cela m'a reboostée.

« Nous avons été beaucoup soutenus après le 13 novembre, même si cela s'est estompé avec le temps. On entendait à nouveau : "Vous êtes payés avec nos impôts", sous-entendu "vous êtes à notre service, taillables et corvéables à merci". Je ne réclame pas une médaille, même pas la reconnaissance.

Certains peuvent considérer qu'on a juste fait notre travail. Je le comprends, même si, le 13 novembre, on a fait bien plus. On est sortis du cadre, sans réfléchir, quasiment à l'instinct.

« Aujourd'hui, les jeunes recrues sorties d'école devraient faire face si des attentats du type 13 novembre se produisaient. Les entraînements ont changé, la prise en compte du crime de masse est effective. Nous sommes mieux équipés et mieux armés. Tout le monde a progressé.

« J'aime beaucoup mon boulot de flic. En région parisienne, on se sent vraiment utile. Aujourd'hui, je ne me pose plus de questions sur le sens de mon métier. Mon boulot, je le conçois vraiment dans la continuité de ma vie personnelle : pour une femme, c'est un métier où il faut s'imposer. Comme dans la vie. Je ne sais pas du tout si je me porterais volontaire au cas où l'équivalent du 13 novembre se produisait. À l'époque, je n'avais pas d'enfants. J'aimerais ne pas avoir à me poser la question. »

Igor, brigadier-chef, Val-de-Marne, 51 ans :

« Je repense aux attentats du 13 novembre 2015 dans ma vie quotidienne de policier lors d'événements particuliers. Je retiens l'aspect opérationnel de mon expérience lors de mon intervention le soir des attentats. Dans mon rôle de chef de bord ou de patrouille, j'arrive à faire la part des choses entre ce qui est grave et ce qui ne l'est pas. Je rassure mes collègues grâce à ce vécu.

« Ceux qui ne connaissent pas mon histoire me demandent à quoi correspondent les médailles que j'arbore sur mon uniforme. Quand j'évoque la MSI, j'en suis particulièrement fier. Elle me rappelle que j'ai aidé à sauver des gens et renforce mon sentiment d'avoir servi à quelque chose ce soir-là.

« Avant les attentats de 2015, j'avais déjà été confronté à des événements tragiques. Autrefois pompier, j'étais affecté à la caserne Champerret dans le 17e arrondissement lorsque l'attentat du RER Saint-Michel a eu lieu le 25 juillet 1995, sur lequel j'ai été amené à intervenir. C'était l'"apocalypse" quand je suis descendu dans la station de RER. Je voyais beaucoup de gens complètement amorphes, hagards, touchés uniquement par le blast de l'explosion pour les plus "chanceux". J'apercevais des corps mutilés, des morts, et notre matériel de secours était inadapté face à ce type de dommages. Bien que j'aie déjà vu des morts dans ma carrière chez les pompiers, le 13 novembre 2015 a été la première fois que j'en voyais autant d'un coup. C'était aussi la première fois que je voyais des blessures par arme de guerre, ce qui était “vraiment atroce”. Paris était attaqué, et des collègues appelaient au secours à la radio.

« On a été pas mal livrés à nous-mêmes ce soir-là au Bataclan. Heureusement, la commissaire Chloé Pascal a pris le commandement en main. Elle était stagiaire à l'époque et j'ai vraiment apprécié ses instructions. D'ailleurs, je lui ai écrit un courriel après coup non seulement pour la féliciter d'avoir été à nos côtés dans une situation extrême, mais aussi pour lui dire que professionnellement j'avais énormément apprécié d'être dirigé par elle. À ma grande surprise, elle m'a répondu par une lettre manuscrite qui m'a beaucoup touché.

« Si les événements du 13 novembre 2015 se reproduisaient, mon rôle, en tant que policier de la sécurité publique, serait fondamentalement différent de ce qu'il a été par le passé. Je serais désormais un primo-intervenant formé et équipé pour agir immédiatement. Dès l'alerte, je me dirigerais sans hésitation vers la source de la menace, que ce soit un lieu d'attaque ou de tirs. Mon objectif principal serait de neutraliser les assaillants le plus rapidement possible afin de protéger un maximum de vies. J'utiliserais mes compétences, acquises lors des formations dédiées désormais, en tir de combat et en progression en milieu dégradé pour figer la situation. Mon gilet pare-balles lourd et mon armement adapté me permettraient d'engager directement le ou les terroristes.

« Ma connaissance des drones, acquise après mon diplôme de télépilote, pourrait également être mise à profit pour évaluer la situation d'en haut, fournir des renseignements cruciaux et guider nos mouvements ou ceux des renforts.

« Je dispose désormais d'un fusil d'assaut ou d'un pistolet-mitrailleur, comme les HK, ou un équivalent, adaptés aux situations. Ces armes permettent une plus grande puissance de feu et une meilleure précision à moyenne distance, indispensables face à des assaillants lourdement armés. Concernant le matériel de protection, je serais équipé d'un gilet pare-balles lourd, capable de stopper des munitions de guerre, contrairement aux gilets plus légers portés pour les missions quotidiennes. Au final, mon équipement reflète la nouvelle doctrine d'intervention : être capable de progresser, d'engager le combat et de se protéger efficacement.

« Malgré l'horreur et le traumatisme de ces événements, je pense avoir transformé mon expérience en une force. »

Lucie, major de police, DTSP94, 48 ans :

« La soirée des attentats du 13 novembre, ce n'était pas la première fois que je vivais une situation de danger. Même si elle n'est en rien comparable.

« En 2006, j'ai intégré la compagnie de sécurisation et d'intervention de Paris, la CSI75, dont les missions principales sont de faire des patrouilles dynamiques de sécurisation, de lutter contre toute forme de criminalité de voie publique, de participer au maintien de l'ordre lors de manifestations ou de violences urbaines.

« En novembre 2007, j'ai été envoyée en renfort avec ma compagnie sur les émeutes de Villiers-le-Bel dans le Val-d'Oise (95). Ces émeutes étaient particulièrement violentes, suite à la mort de deux jeunes qui avaient percuté en deux-roues un véhicule de police, et elles ont duré quinze jours au cours desquels pas loin de 120 policiers ont été blessés, dont plus de 80 par des tirs d'arme à feu.

« Je me souviens qu'à un moment, alors que nous étions en véhicule, nous avons été bloqués à l'approche d'un rond-point, puis rapidement presque encerclés par une foule de jeunes hostiles qui ont commencé à jeter des projectiles dans notre direction. Le chauffeur a rapidement fait une marche arrière afin de nous extirper de cette situation qui ressemblait à une embuscade, et nous avions dû prendre la fuite. Il m'avait paru évident que les jeunes qui composaient cette foule en furie n'auraient pas hésité à s'en prendre physiquement à nous. Je me souviens que sur le moment, je me suis dit "ils sont fous" ! J'ai eu peur pour ma vie, j'ai vraiment ressenti à ce moment-là que je faisais un métier dangereux. Heureusement, je n'ai pas été blessée au cours de ces émeutes, contrairement à nombre de mes collègues.

« La nuit du 13 novembre avait donné un sens à ma mission : porter secours aux victimes. Dans les jours qui ont suivi les attentats, Paris me paraissait vide, les gens ne sortaient pas beaucoup. Deux ou trois jours après, de façon fortuite, j'ai appris une mauvaise nouvelle : une dame âgée, victime des attentats, était morte des suites de ses blessures. Il s'agissait de la femme blessée à qui j'avais parlé et qui était en compagnie de son petit-fils le soir du 13 novembre. Cette nouvelle m'a profondément attristée, j'en ai pleuré.

« La semaine suivante, un soutien psychologique nous a été proposé au service. J'ai participé une seule fois à une réunion de groupe, mais ça ne m'a pas paru très utile. Je me souviens toutefois que pendant trois semaines, j'ai eu un sommeil agité. Un autre souvenir de ce 13 novembre revenait en boucle : une jeune femme morte mais toujours accoudée à une table me revenait fréquemment par flashs. Puis ça s'est estompé et a fini par s'arrêter.

« Pour mon intervention le soir des attentats, j'ai été décorée de la médaille de la sécurité intérieure échelon bronze. C'est une récompense importante. Cependant, je ne comprenais pas pourquoi elle m'était décernée, je n'en voulais pas et d'ailleurs je ne la porte pas. Elle ne me semblait pas méritée. J'avais le sentiment d'avoir juste fait mon travail ce soir-là. C'était d'ailleurs une des rares fois où, jusque-là, je m'étais vraiment sentie utile dans ma carrière ; un sentiment profond de satisfaction qui m'avait surprise.

« Je ne travaille plus sur la voie publique depuis 2023 et ça me convient bien ; je me trouve un peu vieille face à une délinquance de plus en plus violente commise bien souvent par des mineurs de plus en plus jeunes. »

Zouhir, brigadier-chef, Paris, 50 ans :

« La nuit du 13 au 14 novembre, je ne trouvais pas le sommeil. J'étais en pleine introspection. Quelle chance de m'être sorti de ce bourbier. Moi qui suis arrivé du Maroc à 9 ans, sans parler un mot de français. Mon père, maçon, nous avait fait venir en France, ma mère, mes frères et sœurs, au titre du regroupement familial. Puis j'ai grandi dans une cité de Montpellier, c'est mon entraîneur de foot, policier de profession, qui m'a conseillé d'entrer dans la police. J'avoue, je n'étais pas très chaud.

« Je suis allé à l'université Paul-Valéry inscrit en AES et j'ai eu le déclic. J'ai commencé chez les CRS, une grande famille trop méconnue. J'y ai vécu mon premier rapport à la mort. Un camion avait décapité des jeunes filles en voiture, j'ai dû appeler ma mère tellement j'étais traumatisé.

« Au lendemain de l'attentat contre *Charlie Hebdo*, avec des collègues, nous avons eu ordre de remplir une mission secrète relative à l'enterrement d'un des deux frères Kouachi. Les obsèques devaient se dérouler dans le plus strict anonymat pour éviter que ce lieu ne devienne un pèlerinage pour de futurs djihadistes. Nous étions une vingtaine de bacqueux, chargés de nettoyer le secteur et le cimetière, de repérer d'éventuels amis ou partisans des Kouachi, et de faire attention aux journalistes.

« Dix ans ont passé depuis la nuit du 13 novembre. Elle a profondément marqué ma vie et ma carrière, tout en révélant les évolutions nécessaires pour notre profession.

« J'ai vu des collègues s'effondrer, d'autres craquer au commissariat. C'était dur, personne n'avait jamais vécu ça. Aucun de mes collègues en équipe ne s'est posé la question d'intervenir ou non : on y est allés.

« Sur le moment, étrangement, je ne me suis jamais senti en danger de mort, ou du moins, je n'y ai pas prêté attention. Ce n'est que quatre ou cinq jours après que j'ai pris conscience que j'aurais pu mourir avec mon pauvre gilet léger, qui n'aurait servi à rien face à une kalachnikov.

« Cette peur rétrospective a été une sorte de spirale. Je ne pouvais pas montrer mes faiblesses à ma famille ni à mes proches. Il fallait que je me relève sans que personne s'aperçoive que j'étais en train de flancher. Je devais trouver des solutions en moi-même. Au bout de quelques jours, j'ai commencé à ressentir des choses émotionnellement. Je pensais à mes enfants, j'aurais pu mourir sur place, ne jamais les revoir. Je me cachais pour pleurer, je ne voulais pas que ma femme me voie, ni mes coéquipiers : je suis policier, je dois être fort…

« J'ai repris le boulot dès le lendemain. La procureure est passée nous voir au service, avec une boîte de chocolats. Elle voulait nous remercier, et je voyais qu'elle aussi était sous le choc, elle avait besoin de parler. Elle est restée au moins une heure avec nous. Je ne l'ai jamais revue par la suite.

« Je n'ai participé à aucun groupe de travail psy ni aucun retour d'expérience (retex). Quand j'ai repris le travail, je me sentais tendu, toujours sous le choc, je n'arrivais pas à passer le cap.

« Je ne pensais plus qu'aux morts dont j'avais "croisé le regard", le visage d'une fille aux yeux grands ouverts ou cette autre tout de noire vêtue, le téléphone à la main avec « maman » inscrit sur l'écran.

« Je surréagissais à chaque confrontation avec un individu dont le comportement me faisait penser aux attentats. Je me souviens d'un jeune qui avait fait le signe du pistolet-mitrailleur à notre passage. Ça m'a révulsé, je n'ai pas supporté. Je suis sorti de la voiture et j'ai couru dans sa direction. À mon attitude, il a dû comprendre que j'étais en colère. Il a fini par s'excuser. Je suis reparti, mais je n'étais pas calmé pour autant. Là, j'ai pris conscience qu'il fallait que j'arrête la voie publique. J'étais en train de perdre pied. J'ai préféré me mettre en retrait, je ne me sentais plus à ma place, je ne parvenais plus à prendre du recul.

« Dix ans après, je ferais tout différemment. J'aurais sans doute plus conscience du danger. J'ai quatre enfants, et je ne suis plus dans la même "insouciance". Je me projette sur Ahmed Merabet, sur le carré qui lui rend hommage dans le 11ᵉ arrondissement à Paris, je vois sa photo. C'est dur, j'aurais pu être moi aussi en photo à ses côtés. La vie ne tient à rien. On a tous eu de la chance. Moi, j'ai eu la chance de ma vie.

« Aujourd'hui, je ne regarde rien en lien avec le Bataclan. Professionnellement, peu de gens savent que j'y étais. Je ne retire aucune gloire de cette expérience, je veux évacuer tout ça. Pour moi, c'est un très mauvais souvenir. Je me soigne moi-même, je ne veux plus en entendre parler. Les commémorations sont difficiles à vivre pour moi. J'ai fait une intervention à la télé en 2016, que j'ai très mal vécue. Quand je vois mes ex-collègues de l'époque, on n'en parle jamais. »

Stéphanie, gardien de la paix, Paris 12e, 40 ans :

« Je me rappelle que le lendemain des attentats, tout me paraissait tellement irréel. J'ai regardé les infos à la télé et c'est à ce moment que j'ai réellement pris conscience de ce qui s'était passé. Des tirs des terroristes avaient failli m'atteindre. Une vidéo, diffusée par *Paris Match*, passait aux infos et en boucle sur les réseaux sociaux, elle montrait le moment où j'avais essuyé des tirs en rafale. Sur cette vidéo, on voyait très bien les étincelles des projectiles. Je visualisais le danger auquel j'avais été exposée.

« Peu de temps après, j'ai consulté un médecin psychiatre. J'ai été en arrêt de travail pendant un mois. J'ai été désarmée et affectée à la mission de chef de poste pendant plusieurs mois, j'ai continué à être suivie par un psy à l'hôpital des gardiens de la paix. Au bout de quelques mois, j'ai été réarmée et j'ai repris le travail en police secours. J'avais vraiment envie de retourner sur la voie publique. Mais j'ai eu l'impression d'être marquée par le destin.

« En février 2017, j'ai été appelée à intervenir en renfort sur l'attentat contre des militaires. J'étais accompagnée de deux collègues stagiaires. Plus tard, j'ai été appelée pour un colis suspect dans un immeuble. C'était sur le palier de la femme de Cabu, le célèbre dessinateur tué lors de l'attentat contre la rédaction de *Charlie Hebdo*. Là aussi, j'étais accompagnée de deux collègues stagiaires.

« Même si je relativise depuis le 13 novembre 2015 et me dis que la vie c'est "le destin", aujourd'hui je ne travaille plus sur la voie publique. Je suis toujours affectée au commissariat du 12e arrondissement et j'exerce depuis quelques années au service local de transmission. J'assure la liaison radio avec mes collègues qui sont sur le terrain, et la surveillance des images transmises par les caméras implantées sur la voie publique. Je suis entourée de collègues sympas et je ne suis plus exposée aux dangers de la rue.

« Une conséquence directe des attentats a été que j'ai développé une hypervigilance, le travail sur le terrain était devenu compliqué pour moi. Trop de monde à surveiller, trop de monde à protéger. C'était épuisant. Je ne prends quasiment jamais les transports en commun et j'évite les lieux où il y a trop de foule, car sinon je scanne en permanence les gens pour détecter d'éventuels comportements suspects. J'ai quitté mon appartement et suis retournée habiter avec ma mère; je ne peux plus rester seule. Je suis restée en contact régulier avec Angélique. Cette nuit de novembre a créé des liens.

« Pour avoir été blessée, car au final j'ai eu une perte partielle de mon audition, j'ai bénéficié d'un avancement exceptionnel de deux échelons dans mon grade de gardien de la paix. Pour être intervenue le soir des attentats, j'ai été décorée d'une médaille de la sécurité intérieure échelon bronze. Elle m'a été remise lors d'une cérémonie d'accueil de jeunes gardiens de la paix stagiaires. En soi, elle ne me sert pas à grand-chose, elle est dans un tiroir depuis un moment. Je crois bien que si j'avais la possibilité de refaire ma vie, je n'entrerais pas dans la police, principalement en raison des attentats de novembre, de ceux qui ont suivi et du comportement des délinquants face à nous aujourd'hui. »

Erwan, brigadier-chef, BAC Nuit, 49 ans :

« Au retour de week-end post-13 novembre 2015, je me suis rendu à l'hôpital en raison de mon exposition au sang. Mais c'était trop tard pour commencer une trithérapie préventive, selon les médecins, car cela faisait déjà trois jours que j'avais été exposé. J'ai dû faire une prise de sang par mois pendant trois mois pour vérifier si je n'avais pas été contaminé. J'appréhendais à chaque fois les résultats, car j'avais manipulé beaucoup de victimes et j'avais été en contact avec leur sang. Nous n'avions pas de gants à notre disposition.

« Au niveau du travail, j'ai été bien pris en charge, mon chef de service et la hiérarchie locale ont fait le nécessaire pour nous. Je n'ai pas été en arrêt de travail tout de suite, mais quinze jours après, j'ai dû consulter un médecin. J'étais très fatigué et je me posais beaucoup de questions, n'arrivant plus à me concentrer sur mon travail. Le médecin m'a arrêté trois semaines.

« Je me refaisais souvent le film de mon intervention et je culpabilisais. J'avais le sentiment d'avoir mal fait mon travail, de ne pas avoir fait assez. Je m'en voulais de ne pas être entré plus tôt dans le Bataclan pour sauver des gens, surtout que j'avais appris peu de temps après les faits que le commissaire de la BAC 75 N était entré dans la salle et avait abattu un terroriste. Tout ça tournait en boucle dans ma tête, et je me disais tout le temps que ça pouvait recommencer. Je me suis pris en charge et j'ai suivi une psychothérapie durant plusieurs mois. Ma fille, elle aussi, a été suivie par un psy, car elle ne voulait plus que j'aille au travail, elle avait peur que je meure après avoir entendu parler des attentats aux informations. Partout où j'allais avec les enfants, au cinéma, au supermarché, j'étais en hypervigilance. Je focalisais sur les "barbus", j'analysais tout le monde, je regardais où se trouvaient les sorties, les points de repli possibles, j'élaborais un plan d'évacuation dans ma tête. Ça a duré plusieurs mois comme ça. Heureusement, les séances chez le psy ont été bénéfiques pour moi et ça s'est estompé avec le temps. Puis la vie et le travail ont repris un cours normal si je puis dire, même si pendant les périodes de fêtes de fin d'année, par exemple, qui rassemblent du monde, je reste hypervigilant.

« J'ai été décoré d'une MSI argent pour mon intervention du 13 novembre. Elle m'a été remise lors d'une cérémonie dans la cour de la préfecture de police par le ministre de l'Intérieur. Comme je travaille toujours en civil, je ne la porte pas.

« Concernant les évolutions institutionnelles, le plan de modernisation en matériel dit "plan BAC" s'est concrétisé assez rapidement, notamment au niveau de l'armement. Nous avons été dotés en BAC d'un fusil d'assaut HK G36 en calibre 5,56. C'est une arme qui nous permet de rivaliser face à des terroristes armés de kalachnikovs. C'est une évolution majeure qui répond directement à notre vulnérabilité de l'époque.

« Je ne pourrai jamais oublier cette nuit-là. Elle fait partie de mon expérience. Des images me resteront à jamais en mémoire, notamment celle des deux premiers morts que j'ai vus à l'entrée du Bataclan, la vision de la fosse lorsque les portes se sont ouvertes après l'assaut de la BRI, et aussi cette forte odeur de sang, un souvenir olfactif intense. Je ne pourrai jamais oublier non plus la peur que j'ai eue quand j'ai cru que j'allais mourir. Tout ça fait partie de ma vie, de mon expérience. Je pense avoir vu ce qu'il y avait de pire ce soir-là. Mais c'est derrière moi, la vie continue, je n'ai été ni tué ni blessé physiquement, donc je m'en sors plutôt bien. Finalement, avec le recul, je me dis que, si ça devait se reproduire aujourd'hui, et avec l'armement à ma disposition maintenant, j'entrerais sans doute dans la salle... Les formations et les équipements ont évolué, nous préparant mieux, je l'espère, à affronter de telles tragédies. »

Stéphanie, brigadier-chef, Essonne, 43 ans :

« Une semaine après les attentats, je suis repassée au 87, boulevard Richard-Lenoir à deux reprises. Une fois en journée et une fois en soirée. J'avais besoin de revoir cet endroit dans un contexte normal. Je me souviens que, sur place, je n'avais pas eu le temps d'avoir peur pour moi. J'étais concentrée sur ma mission. Je n'y suis plus jamais retournée après ce jour-là. J'ai éprouvé beaucoup d'émotion sur place, les larmes aux yeux, repensant aux victimes, à ma progression durant leur évacuation. Ça m'a rappelé mes débuts sur la voie publique, j'avais secouru un homme en arrêt cardio-respiratoire. Il avait survécu. Cela m'a procuré une énorme satisfaction. On vit avec la mort mais la nuit du 13 novembre 2015, c'est au-delà de l'imaginable. Dans le cadre de mon service, j'ai souvent été confrontée à la mort.

« J'avais vécu deux épisodes avant cette nuit où j'ai failli rester au tapis. La première fois, on avait été sollicités suite aux appels au secours d'une femme violentée par son conjoint. L'homme refusait d'ouvrir tandis que la femme criait à l'aide. On est entrés de force et l'individu s'est jeté sur moi couteau à la main. J'ai paré le coup et je l'ai neutralisé au moyen de mon pistolet à impulsion électrique. La seconde intervention m'a beaucoup plus marquée. Un jeune homme, en rupture de traitement psychiatrique, avait séquestré sa mère. Nous étions deux collègues à intervenir. L'appartement se situait dans les étages ; mon binôme emprunte l'escalier, et moi l'ascenseur. Lorsque les portes s'ouvrent, je me retrouve face à l'individu qui se précipite sur moi. Il tente de s'emparer de mon arme. Je me dis alors que si j'échoue à le repousser, je suis morte. Heureusement, mon étui a résisté. Mais il m'a planté son pouce dans l'œil.

« Pour revenir au 13 novembre, je regrettais de n'avoir pas eu de nouvelles des blessés ; j'aurais aimé savoir s'ils s'en étaient sortis. J'avais relevé les noms de tous ceux que j'avais pris en charge, mais mes notes se trouvaient à la PJ pour l'enquête, sans que j'en aie conservé une copie.

« Pendant deux ou trois jours au travail, je suis restée en hypervigilance. Nous recevions de nombreux appels pour des bruits suspects, nous étions à cran, nous intervenions arme à la main. C'était épuisant d'être en permanence sur le qui-vive.

« En 2021, je suis devenue mère pour la première fois. En 2023, j'ai demandé ma mutation pour me rapprocher de mon domicile.

« Je reste sensible à l'évocation des attentats, notamment à chaque cérémonie d'anniversaire. J'y suis attentive, c'est important pour moi, cela fait partie de ma vie, même si cela me procure toujours de l'émotion.

« Je n'ai eu ni médaille ni prime. J'éprouve le sentiment amer de ne pas avoir été reconnue davantage, alors que ce soir-là, j'ai aidé beaucoup de personnes, je me suis surpassée. Seul mon chef de service m'avait félicitée. Je suis fière d'être policière, j'adore mon métier, je le vis comme une vocation. Je suis fière de ce que j'ai accompli ce soir-là avec mes collègues. Je suis sûre que si j'avais été de repos ou en congé le 13 novembre, je serais revenue travailler.

« Quand j'y pense, comme aujourd'hui, dix ans après, j'éprouve toujours un peu de colère. Je me dis encore : "Comment cela a pu arriver chez nous, dans notre pays?". Je ne regrette rien de ma carrière passée, bien au contraire. Mais aujourd'hui, bien que je continue d'apprécier tout autant mon métier, je laisse le travail de terrain aux autres. Ma vie de famille est devenue ma priorité. »

Thomas, brigadier-chef, Paris, 41 ans.

« Dix ans ont passé depuis cette nuit de novembre 2015, et pourtant, certains souvenirs restent gravés avec une intensité particulière. Lors d'un retour d'expérience au service, un psychologue était présent, mais sur le moment, je n'avais ressenti ni le besoin ni l'envie de me confier à lui. Je pensais que mes sorties avec mes amis du boulot étaient la meilleure thérapie. J'avais 30 ans, je me sentais fort.

« Pourtant, quinze jours après le 13 novembre, un spectacle de l'école de mon fils a tout fait basculer. Mon fils, qui n'avait alors que 6 ans, chantait dans la chorale. En le voyant sur scène, j'ai été submergé par mes émotions et me suis mis à pleurer. C'est là que j'ai pleinement pris conscience de ce que j'avais vécu ce soir-là. L'idée que j'aurais pu mourir au Stade de France près du kamikaze m'a frappé de plein fouet. Je regardais mon fils et l'idée de ne plus jamais le revoir m'a profondément perturbé.

« Concernant la reconnaissance, je n'ai eu aucune médaille ni aucune forme de gratitude en retour de cette terrible soirée. Un an plus tard, une cérémonie a eu lieu pour les victimes du Stade de France. Les stadiers ont été mis à l'honneur, mais pas nous. Depuis, j'ai souvent été en fonction sur le service d'ordre pour les commémorations, et jamais on ne parle de nous, qui avons été exposés aux explosions ce soir-là au Stade de France. Cela me laisse un sentiment amer d'avoir été totalement oublié, comme si ce que nous avions vécu n'avait jamais existé. Je ne le pensais pas, mais ce manque de reconnaissance m'a vraiment atteint.

« Je n'avais pas mesuré les répercussions de cet événement sur ma vie privée. Je n'en ai pris conscience que récemment. Il y a quelques mois, ma vie personnelle a été en quelque sorte bouleversée. J'ai commencé une thérapie au début de l'année 2025 et je commence maintenant à en comprendre les impacts.

« Avec le thérapeute, on est remontés au début de l'année 2015. En janvier 2015, j'étais en service près de l'Hôtel de Ville de Paris pour une manifestation lorsque nous avons appris par radio que des collègues étaient ciblés par des tirs dans le 11e arrondissement, où se trouvait la rédaction de *Charlie Hebdo*. Nous nous sommes dirigés en renfort et, près du boulevard Richard-Lenoir, nous avons découvert une voiture de police vide, criblée d'impacts de balle. Plus loin, nous avons retrouvé nos collègues qui nous ont informés que les tireurs avaient fui à bord d'une Citroën C3 noire après leur avoir tiré dessus. Aucune autre information ne circulait. En nous rapprochant des locaux de *Charlie Hebdo*, j'ai vu le corps du policier en civil, Franck Brinsolaro (policier au Service de la protection ex-SPHP attaché à protéger Charb, rédacteur en chef de *Charlie*

Hebdo, tous les deux assassinés, N.d.A.), abattu à l'entrée du bâtiment.

« Je n'ai pas été plus loin, d'autres renforts sont rapidement arrivés. Avec un collègue de mon unité et des agents d'une compagnie d'intervention, nous avons fouillé minutieusement le parking, un témoin ayant cru voir un tireur s'y réfugier. Cette situation était extrêmement stressante, sans information sur le nombre de terroristes ou leur localisation. J'ai quitté les lieux sur instruction de ma hiérarchie après l'arrivée des autorités.

Deux jours plus tard, le 9 janvier, j'étais en salle de pause dans le 12e arrondissement lorsque nous avons entendu des coups de feu près de la porte de Vincennes. Au même moment, un collègue de la salle d'information nous a précipitamment informés que des tirs avaient lieu dans le magasin "Hyper Cacher". Le bureau étant assez proche, nous avons décidé de nous y rendre. Pendant le trajet en voiture, je n'ai pas pensé à un attentat, mais je me suis dit que c'était étrange que la communauté juive soit ciblée une nouvelle fois. Arrivé sur place, j'ai entendu une ou deux rafales provenant du magasin. D'autres policiers étaient déjà là, et les services spécialisés, comme la BRI, sont arrivés. Avec mes collègues, nous avons interpellé un homme noir qui semblait surgir de nulle part dans le périmètre de sécurité. Il s'exprimait mal en français, on l'a remis à la police judiciaire. J'ai appris plus tard qu'il s'agissait d'un employé du magasin qui avait réussi à s'échapper après avoir mis des clients en sécurité pendant l'attaque. J'ai ensuite été envoyé vérifier une agence bancaire où des blessés étaient regroupés, car la compagne du tireur était soupçonnée de s'y dissimuler, une information qui s'est révélée fausse. Ces moments ont été très stressants pour moi.

« Le stress a continué le 11 janvier 2015, lors de la marche républicaine "Je suis Charlie". J'étais affecté à la protection rapprochée du carré de tête, en civil pour rester discret. Durant toute la manifestation, l'idée qu'un individu puisse commettre un attentat et que je sois en première ligne m'a traversé l'esprit. Ce fut encore un moment de grande tension pour moi. »

Isabelle, brigadier-chef, police judiciaire, Paris, 38 ans :

« Dix ans ont passé depuis le 13 novembre 2015, et cette nuit-là a tout bouleversé.

« Une cérémonie a eu lieu à la préfecture de police de Paris pour récompenser les intervenants des attentats. Mais ma brigade, pourtant primo-intervenante, à la fois à La Belle Équipe et au Bataclan, n'a pas été conviée. Cela m'a révoltée. Évidemment, la médaille ne m'intéresse pas, je m'en contrefiche. Mais où étaient nos autorités ? N'étaient-elles pas là pour prendre soin de leurs effectifs ? Nous avions tous la vingtaine, nous avions fait face à des terroristes, nous nous étions vus mourir à plusieurs reprises, nous avions besoin d'aide ! Le fait que les effectifs du 11ᵉ n'aient pas été conviés aux remises de médailles décernées par la préfecture de police reste un mystère. Même si nous ne faisons pas ça pour les médailles, cela montre le peu d'attention de nos dirigeants envers les jeunes bleus en première ligne, qui se débrouillent souvent avec des moyens dérisoires. Si nos autorités avaient su être présentes et nous soutenir, peut-être que deux super collègues n'auraient pas démissionné. Peut-être qu'un débriefing ou un vrai soutien psychologique nous auraient évité des années d'errance.

« La plus belle des médailles restera celle que m'ont remise ma ville et mon département. Cela m'a touchée, et quand j'étais au plus mal, ce sont eux qui m'ont soutenue. À Paris, l'absence de soutien était énorme. Nous avons finalement été médaillés deux ans et demi après les attentats, mais quel était l'intérêt ? Cela n'avait aucun sens. Deux ans et demi d'oubli, où nous avons dû lutter seuls face à nos démons.

« Nous avions bien sûr des gens qui nous soutenaient et nous félicitaient, mais il y avait aussi ceux qui nous disaient sans cesse : “Ah, pour nous faire chier, là vous êtes présents mais le jour des attentats vous étiez où hein !!!” Cette phrase, je ne sais combien de fois je l'ai entendue, c'était terrible !

« Nous étions traumatisés, nous ne dormions pas, nous étions sur les nerfs en permanence, et pourtant, nous devions garder notre sang-froid à longueur de vacation. Nous sommes également souvent intervenus au Bataclan pour des alarmes intrusion, car des badauds voulaient voir la scène macabre de près. Se retrouver régulièrement devant la salle était terrible.

« J'avais très peur de retourner travailler, et je savais que, si je m'arrêtais, je ne reviendrais jamais. J'ai donc préféré continuer. Pendant les premières semaines, j'ai demandé à rester au poste. Je ne voulais pas sortir et encore moins être confrontée à la population et aux interventions. J'étais en hypervigilance en permanence. Une nuit, deux Maghrébins se sont présentés au commissariat alors que j'étais à l'accueil ; ils avaient chacun une doudoune matelassée. À leur vue, je me suis figée. J'ai pris leur doudoune pour un gilet d'explosifs, j'ai cru que j'allais mourir une nouvelle fois. J'étais paralysée par la peur, l'effet flash-back dont on nous avait parlé m'avait frappée, je me suis vue dans la salle de spectacle. Ma collègue présente a compris et a pris le relais. Moi, je suis partie en courant dans les vestiaires en larmes, à me demander si un jour ma vie allait redevenir normale… Quelques jours après, je suis repassée au Bataclan pour me recueillir. Je crois que j'en avais besoin, j'ai déposé une bougie et je me suis adressée aux victimes.

« Je n'arrive pas vraiment à me souvenir au bout de combien de temps je me suis remise de cette mission traumatisante. De longues années, peut-être après avoir suivi une thérapie, soit quatre ans plus tard. Il y a eu de nombreux contrecoups : le lendemain des attentats bien sûr, les mois qui ont suivi quand on réalise que le monde entier est passé à autre chose, mais pas moi… je ressassais les scènes macabres nuit et jour. Les années qui ont suivi, je me suis rendu compte que je n'arrivais pas à en parler sans pleurer. C'est donc au bout de quatre ans que j'ai décidé de consulter un psychologue pratiquant la méthode EMDR. C'est une méthode mise au point par les militaires pour aider les soldats de retour de guerre en plein choc post-traumatique. Ce sont des thérapies brèves ; j'ai fait cinq séances et j'ai senti rapidement les bienfaits. Moi qui n'étais pas très tournée vers l'aide psychologique, car le monde de la police nous rappelle sans cesse qu'il faut être fort et ne pas montrer ses faiblesses. Si j'avais su, je me serais orientée immédiatement vers cette thérapie qui est incroyablement efficace.

« Au cours de la première année post-13 novembre, je me suis vraiment posé la question d'arrêter la police. J'avais tellement peur de retourner sur la voie publique, les flash-backs m'empêchaient de vivre normalement. Je ne voyais pas d'issue à tout ça, mais dans un coin de ma tête, je me disais que la police était ma voie. J'aime mon métier et je ne voulais pas abandonner sans me laisser une chance d'aller voir ailleurs, ce que j'ai fait ! Suite aux attentats, j'ai voulu rester sur le 11e arrondissement pour rester avec ceux qui avaient vécu le même traumatisme que moi. Seulement un an après, je me suis rendu compte que c'était impossible de continuer sur cet arrondissement. Tout nous rappelait cette tragédie : les lieux, les gens, les collègues. Je ne pouvais pas avancer. J'ai alors demandé ma mutation en police judiciaire.

J'ai longtemps pensé à cette soirée du 13 novembre. J'y pensais très souvent, trop souvent. Aujourd'hui, occasionnellement. Cette nuit a changé beaucoup de choses dans ma vie. Elle m'a appris à profiter de chaque instant, à profiter de mes proches, à lâcher prise aussi, à ne pas me prendre la tête pour des broutilles. Elle m'a appris à apprécier mon nouveau métier à la PJ ; le fait de ne plus être en première ligne m'a fait du bien. Aujourd'hui, je réalise des enquêtes, je reçois des victimes dans mon bureau et je les aide à ma manière. Je suis utile d'une autre façon. Cette nuit m'a appris à compter sur moi et sur mes collègues, car, sinon, personne ne sera là pour nous tirer vers le haut.

« Je ressens et je ressentirai toujours une grande tristesse de ne pas avoir fait plus. Cela restera pour toujours une terrible tragédie pour tous ceux qui étaient présents. Je pense qu'il y a une partie de la population qui nous soutient et qui n'oublie pas ce que nous avons fait cette nuit-là. Beaucoup de gens nous félicitent, et pas juste pour les attentats, mais pour notre travail en général. Les gens aiment la police, même si nous avons tendance à l'oublier, car nous sommes forcément davantage confrontés aux auteurs.

« Je suis fière de ce que nous avons accompli malgré tout. Fière d'avoir tenu bon et d'être encore dans la police aujourd'hui, fière d'avoir réussi à surmonter ce traumatisme et d'avoir construit ma vie. Triste de ne pas avoir sauvé plus de monde. En colère d'avoir été abandonnée par nos gradés. Tous ces sentiments se mélangent encore aujourd'hui. J'ai beau refaire le déroulé dix fois, vingt fois, cent fois dans ma tête, je ne vois malheureusement pas ce qu'on aurait pu faire de plus. Ces terroristes qui nous ont attaqués étaient bien trop organisés, nous avons fait ce que nous pouvions, avec les moyens que nous avions, en sachant que personne sur Paris ou en France n'avait été entraîné à intervenir sur une pareille attaque.

« Mes proches m'ont vue changer. J'étais tout le temps à fleur de peau. Je m'énervais pour un rien, je partais au quart de tour à la moindre contrariété. J'ai mis de nombreuses années avant de retrouver mon calme et ma sérénité. Pendant de longues années, je n'en ai pas parlé, c'était impossible. Le simple fait d'y penser me faisait pleurer. Dès que j'évoquais ce drame, ma voix sanglotait et je me mettais à trembler. Aujourd'hui, je peux en parler enfin normalement, l'émotion est toujours là bien sûr, mais je peux évoquer les faits plus sereinement. Certains de mes collègues aujourd'hui connaissent mon intervention du 13 novembre mais pas tous. C'est sans doute mieux comme ça. »

Laurent, major exceptionnel, Paris 11e, 58 ans :

« Dans les jours qui ont suivi les attaques du 13 novembre, l'ambiance était lourde. Notre arrondissement avait déjà connu l'attentat de *Charlie Hebdo* et l'assassinat de notre collègue Ahmed Merabet, gardien de la paix au commissariat du

10e. Et là sont venus s'ajouter La Belle Équipe, le Casa Nostra et le Bataclan.

« Mais j'étais présent, à la tête de mon unité. Il fallait tenir le coup.

« Nous ne parlions pas en détail des événements du 13 novembre, ni de ce que nous avions vécu très concrètement cette nuit-là.

« On savait ce qu'on avait enduré et nous n'avions pas besoin de l'exprimer pour nous comprendre.

« Seuls les collègues qui étaient absents cette nuit-là, en repos ou en congé, nous interrogeaient pour qu'on leur raconte. Ils avaient besoin de savoir.

« Je racontais sans entrer dans les détails.

« De toute façon la couverture médiatique était telle que tout ou presque était rapporté par la presse.

« Je trouvais toutefois que l'accent était mis principalement sur le Bataclan et qu'on parlait un peu moins des "terrasses", alors que ce que j'avais vécu, avec mes collègues primo-intervenants, était terrible.

« Lors des appels, à la prise de service des brigades je leur répétais tous les jours les consignes de vigilance. Notamment les règles de sécurité de base en intervention, de veiller les uns sur les autres et de faire particulièrement attention à l'environnement lors des interactions avec les usagers.

« Moi-même lorsque je sortais sur la voie publique j'étais surattentif à tout, je scrutais les gens, leur comportement.

« J'alertais également mes collègues sur l'usage du téléphone pendant leur patrouille. Je me souviens que je leur disais "quand vous êtes sur votre téléphone eux (en parlant des terroristes) vous voient arriver mais vous, non !". C'est d'ailleurs une consigne que je donne encore régulièrement aujourd'hui, car ce qui était valable pour les terroristes l'est tout autant pour les délinquants et les criminels.

« Après les attentats, je n'ai jamais eu envie ni de quitter la police ni de quitter le 11e arrondissement. J'aime toujours mon métier. Lorsque je patrouille sur la voie publique, je passe rue de Charonne angle rue Faidherbe je ne peux pas m'empêcher de regarder la terrasse de La Belle Équipe, qui a changé depuis les attentats. Et forcément, chaque fois je repense à la nuit du 13 novembre 2015.

« J'ai souvent été en butte à la mort au cours de ma carrière. Je n'y suis pas particulièrement sensible.

« Mais là, le fait d'avoir été confronté à autant de morts d'un coup ça m'avait choqué.

« En plus du nombre important de corps sans vie auxquels j'ai dû faire face, j'ai une scène qui me revient encore aujourd'hui et qui m'a particulièrement marqué.

« Lorsque je me suis avancé vers la terrasse de La Belle Équipe, il y avait une jeune femme encore attablée, malgré les nombreux corps au sol.

« Elle était assise, je voyais son profil droit, sa main droite tenait son verre de bière, elle avait la tête baissée vers la table, elle portait un foulard rouge qui flottait au vent.

« Elle ne bougeait pas.

« J'ai appelé "madame", "mademoiselle", mais elle ne réagissait pas.

« Je me suis alors rapproché d'elle tout en continuant à l'interpeller verbalement mais elle ne réagissait toujours pas.

« Une fois proche d'elle j'ai contourné sa table, j'ai vu qu'il lui manquait tout le côté gauche de son visage. J'ai compris qu'elle avait été touchée à la tête par un projectile. Un tir létal.

« Elle était morte, figée dans cette position. Cette image me revient, par moments, sans que je puisse le contrôler. »

Les intervenants

En 2015, Thomas, 31 ans, était gardien de la paix à la Brigade d'information de voie publique à la Direction de l'ordre public et de la circulation à Paris. Natif du Lot-et-Garonne, il a grandi et fait ses études en région lyonnaise. Il s'est engagé dans l'armée à 20 ans, attiré par l'esprit de corps et les valeurs de camaraderie. Il a été affecté au 40e régiment de transmission de Thionville en Moselle, une unité projetée régulièrement en mission extérieure. Il met fin à son contrat militaire en 2005 pour débuter comme ADS au commissariat du 7e arrondissement de Lyon, l'année des émeutes urbaines dans de nombreuses cités françaises suite au décès de deux jeunes dans un transformateur en Seine-Saint-Denis. Loin d'être découragé, il passe le concours de gardien de la paix en 2006. Il sort de l'école de police en février 2007 pour rejoindre, avec deux autres camarades de promotion, la préfecture de police de Paris. Aujourd'hui, il est brigadier-chef à cette même préfecture.

Erwan, 39 ans, était brigadier à la BAC Jour de Saint-Maur-des-Fossés (94). Né dans le Morbihan, il a passé son adolescence en Seine-et-Marne. Après un baccalauréat professionnel en maintenance électronique, il fait son service militaire dans la police nationale au commissariat de Vienne (38) en police secours. Il découvre le service public, l'aide à la population et la lutte contre la délinquance. En 1999, il s'engage comme ADS en CRS et passe le concours de gardien de la paix. À sa sortie d'école, il rejoint la brigade de police secours de nuit au commissariat du 20e arrondissement de Paris. Il intègre la BAC en 2011. En janvier 2015, il rejoint la BAC de Saint-Maur. Aujourd'hui, il est brigadier-chef au sein d'une BAC de nuit dans le 94.

Florian, 35 ans, était gardien de la paix au GSQ du commissariat du 19e arrondissement de Paris. Né en France métropolitaine, il a vécu principalement à Tahiti. À l'âge de 19 ans, il quitte la Polynésie française et s'engage dans la gendarmerie nationale faute de concours pour la police nationale qu'il souhaitait intégrer. En 2009, le gouvernement suspend les recrutements. Les concours reprennent en 2012. Il est admis et rejoint l'école de police. Il est affecté en septembre 2013 au commissariat de police du 19e arrondissement de Paris. Aujourd'hui, il est gardien de la paix à Montpellier.

Guillaume, 26 ans, faisait son dernier jour de stage au sein de la BAC du commissariat du 12e arrondissement. Originaire des monts du Lyonnais où il a grandi, il a hérité de ses grands-parents viticulteurs des valeurs de solidarité et la culture du travail. Titulaire d'un baccalauréat scientifique, il entre en fac de droit, la police dans le viseur. Il s'engage comme adjoint de sécurité à Lyon en 2009, faute de concours de gardien de la paix, suspendu durant plusieurs années. En 2011 il passe le concours avec succès et rejoint une école de police. En novembre 2013 il est affecté au commissariat du 12e arrondissement de Paris. Aujourd'hui il est gardien de la paix à Clermont-Ferrand.

Freddy, 35 ans, était brigadier affecté dans une Brigade d'information de voie publique au sein de la Direction de l'ordre public et de la circulation à Paris. Né dans le Lot-et-Garonne, il y a grandi et fait ses études. Diplômé d'un BTS force de vente. Âgé de 18 ans, il passe une première fois le concours de gardien de la paix sans résultat. Il s'engage dans l'armée et intègre le 27e bataillon de chasseurs alpins à Annecy. Il y découvre l'esprit de cohésion et le travail en équipe mais conserve l'envie d'entrer dans la police. Il repasse avec succès le concours de gardien de la paix en 2001 et entame sa formation en mars 2003. Durant sa scolarité il découvre qu'il existe une Brigade roller à Paris. Une révélation pour lui : gamin il faisait de la compétition de vitesse en roller et restait un grand fan de ce sport. En mars 2004 il est affecté au CRA de Vincennes et grâce à ses compétences sportives il intègre la Brigade roller début 2005. En 2010, il rejoint le Groupe d'intervention et de protection puis en 2012 il intègre une BIVP. Aujourd'hui il est brigadier-chef en police secours à Montpellier.

Igor, 41 ans, était gardien de la paix au commissariat de police du 5-6 à Paris. Natif de l'Isère, il y a grandi. Petit-fils d'un gendarme, il est toutefois attiré par une carrière de pompiers. Il passe un CAP et un BEP de conducteur routier dans le but de conduire un camion de pompiers. Il débute comme pompier volontaire près de Grenoble et fait son service militaire chez les pompiers de Paris. Il quitte les soldats du feu parisiens et part pour cinq ans en gendarmerie. Motivé pour intégrer la police nationale, il passe cinq fois avec succès le concours de gardien de la paix afin d'entrer le plus rapidement en école de police. En décembre 2007, après un an de formation, il est affecté à la 31e compagnie d'intervention de la Direction de l'ordre public et de la circulation à Paris. En 2008 il rejoint le commissariat du 11e puis en 2010 celui du 6e. En octobre 2014 il rejoint le GSQ 56 ; les commissariats du 5e et du 6e avaient fusionné. Aujourd'hui il est brigadier-chef en police secours de nuit au commissariat de police de Saint-Maur-des-Fossés dans le Val-de-Marne.

Isabelle, 28 ans, était gardien de la paix stagiaire depuis dix mois au commissariat de police du 11e arrondissement. Née dans la Drôme, elle grandit dans un village proche de Valence. Titulaire d'un bac ES, elle intègre une fac de lettres. Sportive et animée par la mission de service public, elle commence sa carrière policière comme ADS au commissariat de Valence en 2010. Lauréate du concours de gardien de la paix, elle intègre une école de police et rejoint fin décembre 2014 son premier poste en police secours au commissariat du 11e arrondissement de Paris. Elle débute à Paris le 7 janvier 2015, jour de l'attentat contre la rédaction de *Charlie Hebdo*. Aujourd'hui elle est brigadier-chef à la DPJ de Paris.

Julie, 28 ans, était gardien de la paix au commissariat de police du 1er arrondissement de Paris. Elle a grandi à Lure. Fille d'un militaire de carrière, elle s'engage en tant que gendarme adjoint de 2006 à 2008 dans le département de l'Orne. Elle poursuit dans la police nationale comme ADS de 2008 à 2013. Elle passe le concours de gardien de la paix avec succès et entre en école de police. En décembre 2013 elle est affectée au commissariat du 1er arrondissement de Paris en brigade de police secours. Aujourd'hui elle est brigadier-chef en Vendée.

Julien, 35 ans, était brigadier-chef en BIVP à la DOPC. Natif de l'Oise, il y a grandi et y a fait ses études. Son père policier lui transmet la fibre du métier et il passe dès que possible le concours de gardien de la paix. Titulaire du bac de sciences éco, il poursuit en BTS avant d'entrer en école de police en 2000. En septembre 2001 il est affecté au SCCC de la DOPC. En juillet 2003 il rejoint le GIP et la Brigade roller. En octobre 2013 il intègre une BIVP. Aujourd'hui il est major de police à la DOPC au sein de la PP.

Laurent B. venait de fêter ses 48 ans. Il était major de police au commissariat du 11e à Paris. Natif de La Rochelle, il y grandit et y fait ses études. Titulaire d'un BEP, il passe les concours de la gendarmerie et de la police nationales qu'il réussit. Il choisit la police. Auparavant, il fait son service militaire durant seize mois dans un régiment du train. Libéré du contingent, il intègre une école de police à l'issue de laquelle il rejoint la préfecture de police en juin 1989. En septembre de la même année il est affecté au commissariat du 13e. En 1997, il est nommé brigadier au commissariat du 11e puis major de police en 2009 à la tête de la BTC. Aujourd'hui il est major exceptionnel au commissariat de police du 11e arrondissement de Paris.

Julien, 34 ans, était gardien de la paix au sein de la compagnie de sécurisation et d'intervention de Paris, la CSI75. Natif du Loiret il y passe son enfance puis vit en Corse jusqu'à ses 20 ans. Son grand-père, ancien militaire, lui inculque des valeurs de fraternité et de patriotisme. Il s'engage dans l'armée où il sert pendant plusieurs années au sein du 27e bataillon de chasseurs alpins à Annecy, dans une compagnie de combat. Il devient tireur d'élite et participe à de nombreuses OPEX sur des théâtres de guerre ; Bosnie, Kosovo, Côte d'Ivoire, Afghanistan. Il réussit le concours de police en 2005 et quitte l'armée en 2006. Fin 2007 il rejoint sa première affectation au sein de la 12e CI de la DOPC. En décembre 2009 il rejoint la CSI75. Aujourd'hui il est brigadier-chef à la BAC 94 N.

Laurent, 30 ans, était gardien de la paix au commissariat du 10e arrondissement de Paris. Né dans le Rhône, il y grandit et y fait ses études. Alors en bac pro électro-technique, il passe le concours d'ADS en 2006 et fait ses premiers pas dans la police à l'UHSI de Lyon, une unité chargée de la garde de détenus hospitalisés. Il réussit le concours de gardien de la paix en 2010. Après sa formation, il rejoint sa première affectation en septembre 2011 au commissariat du 18e arrondissement de Paris.

En janvier 2013 il intègre la BST 10. Le 13 novembre 2015 devait être sa dernière journée à la BST : il devait rejoindre la BAC 12 deux jours après. Aujourd'hui, il est brigadier-chef OPJ à Villeurbanne.

Lucie, 38 ans, était brigadier-chef au sein de la CSI75. Elle a grandi dans le 12e arrondissement de

Paris. Diplômée d'un BAC ES elle rejoint une FAC de langues. Elle passe le concours de Gardien de la Paix en 1999 et devient ADS à Paris avant d'entrer en école de police en avril 2001. En avril 2002 elle est affectée au commissariat du 9e arrondissement. En 2005 elle intègre une BAC avant de rejoindre la CSI75 en 2006. Nommée Brigadier en 2010 elle devient Chef en 2015. Aujourd'hui elle est Major de Police, au sein de la DTSP94.

Pierre, 29 ans, était gardien de la paix et venait de rejoindre la Brigade cynophile 75 depuis deux mois. Né en Moselle, il a grandi dans des régions différentes au gré des changements de poste de son père magistrat. Il fait son stage de classe de troisième au commissariat de Chambéry, ce qui le conforte dans son idée précoce d'entrer dans la police. Après avoir passé un BEP professionnel vente action marchande il devient ADS au commissariat de Chambéry en 2006 puis au Havre où il passe le concours de gardien de la paix. Il sort de l'école de police en janvier 2011 pour être affecté au CRA de Vincennes. Un an plus tard il est muté au sein d'une BIVP. Il passe les tests pour la Brigade canine et rejoint l'unité cynophile en septembre 2015. Aujourd'hui il est brigadier-chef en BST au commissariat du Havre.

Stéphanie, 33 ans, était brigadier de police au commissariat du 15e arrondissement de Paris. Native du Val-de-Marne, elle grandit en région parisienne. Fille d'un policier en poste à la BAC 75 N elle aspire à suivre ses pas. Titulaire d'un bac STL, elle s'engage comme ADS au commissariat du 15e pendant deux ans. Fin 2003 elle entre en école de police après avoir réussi le concours de gardien de la paix. En décembre 2004 elle revient au commissariat du 15e comme gardien de la paix stagiaire. Trois ans plus tard elle intègre le GSQ. Aujourd'hui elle est brigadier-chef au commissariat de Juvisy-sur-Orge.

Toni, 40 ans, était brigadier-chef à la BAC 94 N. Il a grandi à Noisy-le-Grand. Titulaire d'un bac STT ACT, il poursuit ses études en fac de droit. Ses parents lui transmettent des valeurs de respect des règles et du travail. Il passe le concours de gardien de la paix en 1997 et devient ADS en 98. Après un an d'école de police il est affecté au commissariat de Créteil en septembre 1999. En 2000 il rejoint la CDI 94, actuelle CSI. En janvier 2004 il intègre l'UMS94, actuelle BAC 94 N. Il gravit les échelons et monte en grade par le biais des examens internes. Aujourd'hui il est major de police à la BAC 94 N.

Yann, 30 ans, était gardien de la paix au commissariat du 10ᵉ arrondissement, à la BST 10. Il grandit en Seine-et-Marne. Titulaire d'un BAC et un DUT de commerce, il s'oriente vers le métier de policier, inspiré par son père en poste en BAC à Paris. Après avoir travaillé quelques années dans une société d'objets publicitaires, il passe le concours de gardien de la paix en 2007. En septembre 2009, après un an d'école de police, il rejoint le commissariat de Bondy. En 2014 il rejoint le commissariat du 10ᵉ arrondissement de Paris et intègre la BST. Aujourd'hui il est brigadier-chef à la DPJ à Paris.

Stéphanie, 30 ans, était gardien de la paix au commissariat du 12ᵉ. Originaire de Saint-Maur-des-Fossés, elle a grandi dans le Val-de-Marne. Titulaire d'un bac, elle poursuit ses études en fac de droit. Sportive et intéressée par le travail en équipe comme par l'action, elle concrétise son envie de devenir policière en passant le concours de gardien de la paix. Elle entre en école de police et en février 2007 elle rejoint le commissariat du 12ᵉ. Aujourd'hui elle est gardien de la paix et exerce toujours au commissariat du 12ᵉ arrondissement de Paris.

Jérôme venait de fêter ses 37 ans. Il était gardien de la paix au sein de la BAC Vincennes. Natif du

Val-d'Oise, il a grandi en région parisienne et y a fait ses études. Titulaire d'un bac et d'un BTS en génie civil, il nourrit l'espoir de devenir policier. En 1999 il s'engage comme ADS à Fontenay-sous-Bois, puis passe avec succès le concours de gardien de la paix. Après un an d'école de police il est affecté en avril 2002 au commissariat de Vincennes en police secours. Il y intègre la BAC de nuit en 2007. Il monte en grade par les examens internes. Aujourd'hui il est brigadier-chef au sein d'une BAC de jour à Paris.

Zouhir, 40 ans, était gardien de la paix au sein de la BAC Jour du 17e arrondissement de Paris. Né au Maroc, il arrive en France à l'âge de 9 ans et grandit dans un quartier populaire de Montpellier. Titulaire d'un bac STT, il poursuit ses études en fac de lettres. Sportif, il fréquente avec assiduité un club de foot dont le président est un commandant de police qui l'incite à embrasser le métier. Il fait son service militaire en qualité de policier adjoint en 1999. Il s'engage à la suite comme ADS à Montpellier. Il passe le concours externe de gardien de la paix en 2001 puis part en école de police en 2002. En janvier 2003 il est affecté au commissariat du 17e. En 2006 il intègre la BAC de jour. Aujourd'hui il est brigadier-chef au sein de la DT75 de la préfecture de police de Paris.

Jean-Baptiste, 37 ans, était brigadier-chef à la Brigade spécialisée de terrain (BST) du 10e arrondissement de Paris, une unité de police de proximité implantée en secteur difficile. « J'ai toujours souhaité être policier. C'est une vocation. Enfant, quand on me posait la question de mon métier plus tard, je répondais "policier" spontanément. » Il a commencé sa carrière en Seine-Saint-Denis avant d'atterrir dans le 18e arrondissement de Paris.

Promu major de police, il travaille aujourd'hui dans l'Essonne.

Bérangère, 27 ans, était gardien de la paix au GSQ du commissariat du 18e arrondissement de Paris. Ses deux parents sont policiers. Après un an d'école de police, elle est affectée au commissariat du 18e en janvier 2013. Un arrondissement très demandé parce que très formateur pour les jeunes policiers. Elle quitte le GSQ en 2020 pour intégrer la BAC. En septembre 2023, elle rejoint les Hauts-de-Seine. Aujourd'hui elle est brigadier-chef au sein d'une unité judiciaire dans le 92.

Xavier, 23 ans, est sorti de l'école de police trois ans plus tôt. Il est affecté dans le 19e arrondissement. Aujourd'hui, il est policier en brigade anticriminalité.

Tony, 33 ans le 13 novembre 2015, était brigadier à la Brigade spécialisée de terrain (BST) des Halles. Issu d'un quartier chaud de Creil, il a quitté la région parisienne pour « être au calme » à Nice juste avant l'attentat de la promenade des Anglais en 2016. Il est aussi intervenu sur l'attentat de la basilique Notre-Dame de Nice en octobre 2020 alors qu'il était en congé.

Raphaël, 24 ans, était gardien de la paix au commissariat du 3e arrondissement. Il intervient au Bataclan. Aujourd'hui, il est brigadier-chef en Seine-et-Marne.

Lucie, 28 ans, était gardien de la paix au commissariat du 3e arrondissement. Elle est intervenue au Bataclan, avec son équipage, alertée par un vigile de la salle de spectacle croisé en patrouille sur le boulevard des Filles-du-Calvaire. Elle travaille aujourd'hui dans un service de renseignement.

Émilie, 30 ans, était sous-brigadier, affectée au commissariat du 3e arrondissement de Paris depuis près de dix ans. C'était son premier poste. Issue d'une famille de policiers, elle est originaire du Var. Aujourd'hui, elle est brigadier-chef officier de police judiciaire dans un service d'investigation de l'Essonne.

Sigles et acronymes utilisés

ACD : Acte de courage et de dévouement
ADS : Adjoint de sécurité
BI : Brigade d'intervention
BIVP : Brigade d'information de voie publique
BRI : Brigade de recherche et d'intervention
BST : Brigade spécialisée de terrain
BTC : Brigade territoriale de contact
BTD : Bâton de défense
CDI : Compagnie départementale d'intervention
CFP : Centre de formation de police
CI : Compagnie d'intervention
CIC/SIC : Centre (salle) d'information et de commandement
CP : Commissariat de police
CRA : Centre de rétention administrative
CRS : Compagnie républicaine de sécurité
CSI : Compagnie de sécurisation et d'intervention

DOPC : Direction de l'ordre public et de la circulation
DPJ : District de police judiciaire
DR : Direction du renseignement
DRPJ : Direction régionale de la police judiciaire de Paris (aujourd'hui DPJPP)
DSPAP : Direction de la sécurité publique de l'agglomération parisienne
DT : Direction territoriale (de la sécurité publique)
ENP : École nationale de police
FAP : Fusil à pompe
GAJ : Groupe d'appui judiciaire
GIP : Groupe d'intervention et de protection
GSP : Groupe de sécurité de proximité
GSQ : Groupe de sécurisation du quotidien
IJ : Identification judiciaire
IPM : Ivresse publique et manifeste
MNRVT : Médaille nationale de reconnaissance aux victimes du terrorisme
MSI : Médaille de la sécurité intérieure
ONM : Ordre national du mérite
OPEX : Opération extérieure
PA : Policier adjoint ; pistolet automatique
PIE : Pistolet à impulsion électrique (taser)
PM : Pistolet-mitrailleur
PP : Préfecture de police (de Paris)
PS : Police secours

RAID : Rechercher Assistance Intervention Dissuasion
RETEX : Retour d'expérience
SCCC : Service des compagnies centrales de circulation
SDAT : Sous-direction antiterroriste
SDSS : Sous-direction des services spécialisés
SNA : Service nocturne d'agglomération
SSPO : Service de soutien psychologique opérationnel
TC : Véhicule type fourgon et indicatif radio correspondant
TDM : Tuerie de masse
TN : Transmetteur radio fixe
TV : Véhicule léger et indicatif radio correspondant
UMA : Unité des moyens aériens
UMS : Unité mobile de sécurité
ZSP : Zone de sécurité prioritaire

Bibliographie

Matthieu Langlois (avec la collaboration de Frédéric Ploquin), *Médecin du RAID, Vivre en état d'urgence*, Albin Michel, 2016.

Jean-Michel Fauvergue (avec Caroline de Juglart), *Patron du RAID. Face aux attentats terroristes*, Mareuil Éditions, 2017.

Georges Salinas, *Par le verbe, par le glaive*, Mareuil Éditions, 2024.

Soren Seelow, Kevin Jackson, Nicolas Otero, *La Cellule*, Les Arènes, 2021.

Jean-Michel Decugis, François Malye, Jérôme Vincent, *Les Coulisses du 13 novembre*, Plon, 2016.

Laura Nattiez, Denis Peschanski, Cécile Hochard, *Le 13 novembre. Des témoignages, un récit*, Odile Jacob, 2020.

Antoine Leiris, *Vous n'aurez pas ma haine*, Fayard, 2016.

Nous avons l'honneur de vous rendre compte…

Christophe Naudin, *Journal d'un rescapé du Bataclan, Être historien et victime d'attentat*, Libertalia, 2020.

Daniel Habrekorn, *Bataclan. Histoire d'une salle*, Robert Laffont, 2022.

Pôle antiterroriste du tribunal judiciaire de Paris, ordonnance de mise en accusation, 16 mars 2020.

Georges Fenech, Sebastien Pietrasanta, Rapport de la commission d'enquête parlementaire relative aux moyens mis en œuvre par l'État pour lutter contre le terrorisme depuis le 7 janvier 2015, 5 juillet 2016.

Table des matières

Cet ouvrage a été imprimé en France par
CPI Bussière
Z.I. rue Pelletier Doisy
18200 Saint-Amand-Montrond (France)

pour le compte des Éditions Fayard
13 rue du Montparnasse, 75006 Paris
info-fayard@editions-fayard.fr
en octobre 2025

Composition réalisée par
Belle Page

PAPIER CERTIFIÉ

fayard s'engage pour l'environnement en réduisant l'empreinte carbone de ses livres. Celle de cet exemplaire est de :
0,550 kg éq. CO_2
Rendez-vous sur
www.fayard-durable.fr

N° d'édition : 80-9556-7/01 - N° d'impression : 2086142